Herbert Knebel

Boh glaubse ...

Die WDR U-Punkt Geschichten

von Martin Breuer, Siegfried Domke
und Uwe Lyko

HENSELOWSKY
BOSCHMANN

Dank an Ingrid Schulz

Kiek ut 20, 45359 Essen
1. Auflage, März 1996
2. Auflage, Mai 1996
3. Auflage, März 1997
ISBN 3-922750-26-5
Druck: Westermann Druck Zwickau GmbH
Fotos: Photoatelier am Rathaus, Bottrop (Cover, S. 14, 56/57)
Beatrix Gustävel (S. 1, 15, 46, 47, 76, 77, 102, 103)

Eine kurze Knebel-Geschichte

1988 war's, da saßen der kleine, dünne Essener Kleinkünstler Sigi Domke und der große, hagere Essener Kleinkünstler Uwe Lyko zusammen und bastelten an ein paar Sketchen für irgendeine Benefizveranstaltung in der Essener Zeche Carl. Nichts Dolles, so dachte man. Um so unerwarteter war die begeisterte Resonanz des Publikums. »Da müßte man eigentlich was draus machen, obwohl ...« Der kleine Dünne war eher frustriert von den Auftritten der letzten Jahre in abgehalfterten Jugendzentren vor ner Handvoll gelangweilter Kids. Was anderes gab's kaum noch. Schlechte Zeiten! Na ja, einmal könnte man's ja noch probieren.

Uwe Lyko war ebenfalls in Musik- und Comedygruppen aktiv gewesen. Da lag es nahe, eine Mischung zu versuchen. Die beiden suchten sich also ein paar Musiker, darunter bereits Martin Breuer, heute allen Fans als »Ernst Pichel« und Affentheater-Bassist ein Begriff.

Man fing an zu proben, hatte ein paar Nummern im Gepäck, machte ein paar neue, darunter eine, in der Uwe Lyko einen nörgelnden Endfünfziger spielte, mit Prinz Heinrich-Kappe und übergroßer Brille. Die Figur gefiel. Wie könnte sie heißen? Da hilft immer das Telefonbuch: Knausenberger, Knaut, KNEBEL! Was paßt dazu? Herbert! So zufällig wird Bühnengeschichte gemacht.

Die ersten Auftritte waren spärlich besucht, aber Gefühl und Publikum sagten: Das hat was! Und schon bald waren die kleinen Säle voll, das zweite Programm in der

Mache und die Figur »Herbert Knebel« eine feste Bank. Schon im Laufe des ersten Programms war »Trainer« Detlef Hinze als Schlagzeuger zu der Gruppe gestoßen.

Und stetig wuchs die Schar der Knebel-Fans. Am Ende des dritten Programms, betitelt »Wir präsentieren euch einen«, entschied sich der vom vielen Auftreten gestreßte Sigi Domke für ein Leben hinter den Kulissen. Für ihn kam Gitarrist Georg Göbel, besser bekannt als Ozzy Ostermann.

Breuer, Domke und Lyko bilden inzwischen, nach zwei weiteren Programmen, zahlreichen Funk- und Fernsehauftritten und einer CD-Veröffentlichung, ein Autorenteam, das in punkto Witz keinen Vergleich zu scheuen braucht. Die hier vorliegenden WDR U-Punkt-Geschichten, zum allergrößten Teil nicht auf der Bühne zu sehen, spiegeln ihre übersprudelnde Phantasie und den typischen schrägen, derben Knebelhumor.

Knebel hat seine eigene Logik, und die ist keine. Knebel ist der typische Ruhri und auch wieder nicht. Welcher Endfünfziger liebt schon die Beatles? Knebel ist ein herzlicher Rohling, der manchmal was zu sagen hat und oft nichts, aber was er sagt ist komisch.

Auch nach der 48sten Geschichte? Nun, der Leser sollte nicht alle hintereinanderweg lesen. Die drei Autoren schreiben etwa jede Woche eine und haben dabei viel zu lachen. Vielleicht ist das ein Richtwert.

Viel Spaß beim Lesen!

Martin Breuer, Siegfried Domke, Uwe Lyko

Abenteurer

Boh glaubse ...

... weiße, wat inne letzte Zeit immer abenteuerlicher wird? Diese ganzen Abenteurer.

Und damit mein ich gez nich so Möchtegern-Tarzans wie seinezeit den Professor Grizmek, der da in diesem Afrika immer in sonne Safari saß und aus sichere Entfernung heraus die Tiere begrüßt hat, für seine Sendung.

Wenne mich frags, der konnte doch noch nich ma ne Liane vonne Wäscheleine unterscheiden. Ich mein, wenn er ma selbs gewaschen hätte, wär er den Unterschied vielleicht gewahr geworden, aber für den mußten bestimmt alles die Tiere erledigen, die armen Schweine. Aber dat hat der nie gezeigt in seine Sendung. Dat wissen nur die wenigsten. Ja, eigentlich nur ich.

Da is doch son Reinhold Messner schon aus ganz andern Holz gebacken. Wenn der gez im Dschungel oder inne Safari aum Berg auf ne Wäscheleine gestoßen wär, dann hätt der schon gewußt, wie man damit umspringt.

Ja, wat hat der Mann schon alles für Schoten gebracht. Die ganzen Berge allein schon, die der unter seine dicken Fittiche hatte, so wie Marterhorn, dat hat der ja praktisch rückwärts bezwungen, Großklöckner, Killemanntscharo, Hümmelaja, man, wo der schon überall rumgetigert is, da wächst kein Gras mehr.

Der Mann is ja so vom Abenteuer besessen, dat der sich manchma für sich selbs ne Nickeligkeit ausdenkt, quasi als Anstachelei: Ja, auf son 12000er drauf und so ganz nebenbei die Sauerstoffflaschen aum Bahnhof stehenlassen. Oder so durche Angtarktis schlendern und Annorak zu Hause hängen lassen. Irgenzwann macht der nochma sonne Exspedition ohne alles. Da zieht der zu Hause nackend los und zeigt den Eisbären aber, wo der Hammer hängt.

Oder gez ma ein anderes Beispiel: Der Franzose, der da durch den Atlantik geschwommen is. Ja, da muß man ersma drauf kommen, wo doch da auch ständig Schiffe verkehren. Und mit Schwimmen alleine war et ja nich getan. Wat meinze, wat der alles mitschleppen mußte: Fressalien, Rasierzeug, Badehose, Klopapier und und und.

Ja, und son Atlantik, der zieht sich. Da musse schon als Pilleente geboren sein, um sowat bewältigen zu können, aber wer is dat schon?

Aber andersrum, son Abenteuer is doch dat Salz inne Suppe vonne Existenz. Ich muß die Tage auch ma wieder die Puppen tanzen lassen. Ma kucken, vielleicht ma mit den Ernst Pichel und den Kurt Harras son Kampftrinken aum Kahlen Asten veranstalten oder so.

Aberglaube

Boh glaubse ...

... weiße, wo ich auch keine Antenne für überhab? Wo mir jegliche Verständniskeit für fehlt? Dat sind diese Maskottchen.

Also gez eigentlich nich selbs diese Maskottchen, sondern die Halter von die, diese Abergläubiger.

Ich weiß auch nich, ich hab wirklich den Eindruck, dat dat inne letzte Zeit immer mehr am zunehmen is. Wahrscheinlich hängt dat mit diese turbelente Zeiten zusammen, in die wir grade dummerweise am stecken sind, dat sich die Leute irgenzwat besorgen, wo se einen Halt dran finden können.

Zum Beispiel der 1. FC Köln. Also ohne dat ich die Elf gez ein an die ihren Pfosten kacken will, aber dat, wat da aum Rasen passiert, sieht doch mehr so aus wie leichte Gartenarbeit als wie Fußball. Ja, und grade deswegen klammern die sich alle an ihr Maskottchen, ihren Geißbock. Aber wenne mich frags, die Ziege is doch längs verpufft in ihre Wirkung. Die hat doch gar keine Ausstrahlung mehr auf die Kicker. Die solln sich ma en neuen Glücksbringer zulegen, en Trecker vielleicht, der den Verein ausse Scheiße zieht.

Oder anderes Beispiel: Die ganzen betrogenen Ehefrauen, die von ihre Kerls ma eben durch ein junges Flittchen ausgewechselt werden. Ja, die benutzen dann als Talismann zum Beispiel son Steiftier und versuchen damit in den einsamen Stunden Trost zu finden. Da sollten die ma lieber nach son Schornsteinfeger greifen. Der bringt doch auch Glück.

Ne, aber woe hinkucks, siehse diesen Aberglaube verbreitet, im Kaffeesatz, im Horrorskop, im Lotto oder sogar inne Religion. Also dies Kruzifix, dat is doch praktisch auch son Maskottchen, oder die heiligen Rinder in Indien, wat solln die denn sagen!? Die will keiner essen, nur weil se die da vor Ort zum Maskottchen ernannt haben.

Also ich persönlich glaub an diesen ganzen faulen Zauber nich. Dat is doch alles Spuck. Als wenn son Schwein, wat unter ner Leiter herläuft, Schicksal beeinflussen könnte oder sechs Richtige im Lotto. Also wenn auf mich son Freitach der 13te zukommt, weiße, wat ich dann mach? Da steh ich ersma kackfrech mitten linken Fuß auf. Den provenzier ich förmlich, den Freitach. Und dann stell ich meine Aluleiter auf und lauf da ständig drunter her, und als Höhepunkt leih ich mir bei mein Nachbar, den Paul Menke, den sein Kater Mikesch aus und kreuz dann vorsätzlich den seine Wege. Und weiße, wat dann passiert? Soll ich Sie dat gez ma sagen? Gar nix! Wahrscheinlich. Toi, toi, toi!

Aktivurlaub

Boh glaubse ...

... da kommt meine Frau mit son Proschpekt angelaufen vonne Fahrt in Südfrankreich. Ich sach, Guste, laß stekken, wat solln wir da? Die mit ihre andere Sprache als unsere, da kannze dir doch noch nich ma selbständig ne Flasche Bier besorgen. Ich sach, kumma, gez sind wir schon seit siebenundfuffzig immer nach Sand Angton gefahren. Wir sind doch praktisch wie den seine zweite Heimat mittlerweile geworden ... für uns. Aber konnze sagen, watte wolltes, die Frau ließ sich zu keine Einsichtigkeit breitschlagen.

Man, man, man du, da krich ich sofort wieder en Hals, wenn ich an dat Elend da denken muß. Aktivurlaub - verstehse! Dat war sonne Freizeit mit so Drangsalierer, die ein von morgens bis zum Abwinken gepisackt haben. Hömma, dat war wie inne Gefangenschaft. Ich mein, sicher, war schon en bißken lustiger als seinezeit, aber mein lieber Scholli. Dat ganze war dann noch so als Club verkleidet, Club Medityrannei oder sowat.

Die ganze Zeit warn wir da unter die Aufsicht von so zwei Annemonteure, ne weiße, so Vorturner. Den Jane-Lück, dat war son Franzose, der kam da derekt von die Gegend weg, und den Dieter. Der war son ehemaligen Lackierer gewesen, den se vom Arbeitsamt umgepolt haben.

Ja, dat ging da schon morgens um sechs Uhr los. Da steht der Spieß da anne Poofe und sacht: Steh auf, du nasser Sack ... zu meine Frau. Im ersten Moment hab ich mich aber auch angesprochen gefühlt.

Ja, dann mußtesse dich ersma da versammeln und dann allemann durche Dünen, im Schweinsgalopp. Anschließend Frühstück, mit son Parkettbrot zum Selbsbelegen mit diesen billigen verschimmelten Käse. Wenne da ma nach sonne vernünftige Blockwurst gefragt has, wurdse noch doof angekuckt, als wenne aussen Ostblock käms.

Und danach ging et aber ersma richtig rund. Da hamse uns in zwei Gruppen aufgeteilt. Weiße, die Weiber derekt alle zu den Jane-Lück, den bekloppten Pappagallo, und wir bei den Dieter bei. Wat hat der Sauhund uns getriezt! Ja, wat hatten wir alles aum Stundenplan: Sonderturnen, Wände hochgehen, Tauchen mit Flaschen. Ich dacht, oh, dat hört sich interessant an. Aber da war nur Luft drin. Ich mein, dat is schon spannend da im Wasser, also is schon wat anderes als Übertage, aber aufe Dauer gesehn wär dat auch kein Leben für mich. Man, den ganzen Tach da mit die Fischköppe zusammen. Dat hab ich die aber auch deutlich gezeigt, wat ich von die halte. Von da an war ich natürlich der Elefant terrible für die.

Man du, und dann dat schöne Geld, wat wir ausgegeben haben für den ganzen Scheißdreck da. Da hätt ich mir auch die Zähne für ersetzen lassen können. Nee komm, nächstes Jahr fahrn wir wieder nach Sand Angton und fettich ab!

Allergien

Boh glaubse ...

... wat sind dat denn für fiese Pusteln bei mir anne Gurgel?! Hömma, dat sieht aus, als wenn sich da sonne Allergie am Balg breitmacht.

Hab ich denn irgenzwat inne letzte Zeit gegessen, wat mir vonne Bekömmlichkeit her nich abträchlich war? Wat hab ich denn die letzten zwei Stunden alles gefressen: Bratwurst, ein Bonnty mit Mong Scherry, Pissmarckhering, um geschmacklich wat dagegenzuhalten, und Margarine. Ja, dat hört sich doch ersma ganz ausgewogen an.

Ja, paß ma auf, am Ende hab ich die Piermongtkirsche irgenzwo quersitzen, und die meldet sich mit so Geschwüre am Hals.

Ja, dat is doch nich ausschließbar! Heutzutage sind doch überall die ganzen verantwortlichen Auslöser von diese Allergien am Ball, und unsereins is der Hoffnungslosigkeit preisgegeben.

Ja, zum Beispiel mit die Pusteln gez an mir, da weiß man doch gar nich, wat dat is, und et stellt sich doch unwillkürlich die Frage: Wat is dat?

Oder der Helmut Borsig gez, ich weiß auch nich mehr genau, wann dat gez war, aber irgenzwann fing an, sich auf den sein Kopp son unheimlicher Apparat von Schorf zu zeigen. Wo der stand und ging war Schneegestöber. Immer wenn der am Stammtisch auflief, sangen se alle »Leise rieselt der Schnee«.

Ja, und nach ganz langwierigen Testergebnissen stellte

sich raus, dat der Helmut gegen seinen eigenen Wellensittich Pucki anfällig war. Dat war nämlich, wenn der vonne Arbeitslosigkeit nach Hause kam, da is der Pucki immer sofort auf den seine Runkel gelandet, und zwar immer genau auf die Stelle, wo der Schorf lange Zeit ansässig war.

Ja, wat blieb den Helmut anderes übrig, als den Pucki den Gnadenschuß zu verabreichen. Von Stund an war er geheilt. Gez sind Sie dran!

Aber dat is heute noch so, wenn der an den Pucki denken muß, bildet sich sofort wieder Schorfansatz. Oder gestern, ne, da ham wir »Die Vögel« gekuckt von diesen Alfons Hitzcock, ja, danach sah der Helmut aus wie son Rubbellos.

Oder der Kurt Harras hat sich die Tage bei sich sonne rustikale Vertäfelung aus so Sterorporimitation angebracht. Dat Dingen war noch nich ganz dran, da fing der schon an zu röcheln wie son Rochen. Auch ne Allergie!

Boh, gez kuck dich mich ma im Spiegel an. Wat ne Sauerei! Oder war da Senfgas anne Bratwurst?

Auf jeden Fall muß ich mich ma unter Beobachtung geben. Ich halte dat Geschwür ma im Auge, und wenn dat ne Allergie is, dann hab ich nur eine Hoffnung: Hoffentlich bin ich nich der einzigste!

»Boh glaubse ...«

»... da vorne kommt grad der Helmut Borsig angeschissen!«

Die Beatles

Boh glaubse ...

... weiße, wo ich auch ma drauf gespannt bin, aber wie ein Flitzebogen von ein Indianer gez selbs? Dat is, ob et nochma ernsthaft zu eine tatsächliche Wiedervereinigung vonne Beutels kommt. Da diese vier lustigen Musikanten aus Leberpol mit den Jo, Paul, Schorsch und den Gringo.

Ja, da sind se ja immer ständig am drüber schreiben. Wie gesacht, ich bin ma gespannt. Obwohl, weiße, so wie früher wird dat alles nich mehr sein, weil der eigentliche Kopp vonne Beutels, der Chefbeutel, der Jo Lennion, der is doch schon lange engfant perdü. Den hamse doch seinezeit vor seine eigene Hütte in Neu York umgeplästert. Ja, ja, ich sach dir, wenne poppelär bis, is dat auch nich immer Zuckerschlecken.

Obwohl, mein Lieblingsbeutel war ja immer der Paul MexiCartney gewesen. Der war ja auch ganz strikt dagegen, dat sich die Weiber da in diesen Appel-Studio vonne Beutels rumgetrieben haben. Ja komm, letzendlich war dat doch diese ... diese Jojo Ocko oder wie se sich selbs titteliert hat, die die Combo zerstreut hat. Weiße, ers hat se den Lennion völlig die Nuß verdreht und dann die andern auch noch alle vonne Kompeniererei abgehalten. Da diese Jojo Ocko, die hat doch mit den Lennion später nur noch inne Betten rumgehangen, da für diese Love- und Pissbewegung. Und dann hamse sich sogar noch splitterfasernackend mit den Plastik Ono ablichten lassen. Ja, gehört sich denn sowat?

Früher, als die noch nich gebunden warn, da konnten die Beutels noch schön durche Gegend jöckeln. Wat meinze, wat die da alles zu sehn bekommen haben, wo die überall rumgekommen sind auf ihre ganzen Turniere. Die ham sich doch sogar bis Indien ham die sich durchgeschlagen. Da sind die da doch irgendson Yogi aum Leim gegangen. Die wollten sich da in irgendson Osram erleuchten lassen. Vor allen Dingen der Schorsch Heringson, der war ja ganz vonne Erleuchtung besessen. Der hat sich dann auch derekt von den Guru sonne Zither gekauft. Und da ham die dann wohl auch mit diese Hascherei angefangen und immer dies Sauzeugs eingeschmissen, dies LBS oder wie dat geheißen hat.

Ja, da sind dann die Beutels damals immer die besten Schlager bei eingefallen, zum Beispiel dies, na ... dies »Michel«! Hömma, dat war eine wunderschöne Melledie: »Michel, man bellt ...« Ja, da hab ich seinezeit mein Frau drauf kennengelernt.

Ja komm, da wolln wir uns ma alle überraschen lassen, ob se dat nach all den Jahren auch wieder so hinbekommen wie seinezeit. Aber wer weiß, am Ende entsteht nochma wieder son Tops-Hit wie mein Lieblingslied vonne Beutels, dies »Oppeladie-Oppelada«!

Boxen

Boh glaubse ...

... weiße, wat ich einfach nich kapiern will? Wie man heutzutage noch Boxer werden kann. Also gez nich als Tier. Son Fiffi kann ja nix dafür, als wat er geboren wird. Sondern als Sportskanone.

Et gibt doch heutzutage soviel herrliche Sachen, die man im Sport treiben kann: Schlittenfahren, Schach, Kegeln, Faustball oder Sonderturnen. Dat sind doch wunderbare Freizeitübungen. Da muß man sich doch nich ein in die Fresse kloppen lassen, um auf seine Kosten zu kommen.

Warum mach ich denn Sport? Um mich fittal zu halten. Um mir selber einen vorzumachen, wat ich noch draufhab als Körper. Ja, und die Boxer? Kuck se dir doch an, wie se aussehen, die lange Zeit geboxt haben: der Belmondo, der Lino Ventura, der Kojack. Ich möcht nich wissen, wie oft der ein auf die Glatze gekricht hat, bis da kein Gras mehr wachsen konnte.

Ja, dat sind so Schicksale von die Boxer. Die kommen später alle nur noch beim Kino unter oder als Kartenabreißer aufe Geisterbahn. Ich mein, sicher, Ausnahmen gibt et immer. Man kann nich alle über einen Kamm springen lassen. Ne also, Max Schmeling, Meik Thyssen oder Henry Maske, der Gentleman, wie se immer alle für den sagen, die ham et geschafft. Die sind gesellschaftlich als vollwertige Mitglieder apzeptiert. Die kann man anfürsich überall mit hinnehmen, ohne dat man sich gez besonders blamiert oder andere erschrickt mit die.

Aber son Axel Schulz. Ich mein, ich kenn den Axel gez nich privat und will den gez auch kein anne Karre kakken, aber ich sach ma so, als Avon-Beraterin würd der doch keinen Stich kriegen.

Ich frag mich manchma, wat in so Boxerköppe vorgeht, wie et dadrin nach so ein Kampf aussieht. Dat müssen doch regelrechte Mazzochisten sein. Die müssen doch da förmlich Spaß bei haben, wenn die einen auf die Glocke gezimmert kriegen.

Ich mein, sicher, die ham en ganz stattliches Gehalt. Da brauch sich die Familie ersma keine Sorgen machen, selbs wenn der Papa en bißken doof ausse Wäsche kuckt. Geld is aber auch nich alles. Also wenn se mich gez fragen würden, Herbert, hasse nich Lust, dich von den Rocky I bis V verwämsen zu lassen, für ein zweistelligen Betrag, dann würd ich aber ... doch schon anfangen, weich zu werden.

Claudia Schiffers Koran-Kleid

Boh glaubse ...

... schon wieder die Claudia Schiffer inne Zeitung. Dat is in letzte Zeit aber auch unheimlich mit die. Egal wat für ne Zeitung oder Illestrierte oder auch Litfaßsäule du aufschlägs, überall wirse die ihr Gesicht gewahr.

Ich weiß auch nich, wat die alle an die Olle gefressen haben. Ich mein, sicher, dat is schon en attaktrives Frollein, da brauchen wir uns nix inne Tasche reinlügen, aber also für mich wär die gez als Frau zu lang. Man, die sieht doch aus, als wenn se die Kindheit aum Streckbrett verbracht hätte. Ich weiß auch nich, ob dat bei der sonne Art Natürlichkeit is oder ob se die so gezüchtet haben. Auf jeden Fall, mir wär die zu hoch. Na ja, letztendlich is dat auch Geschmack. Der eine findet Claudia Schiffer klasse, der andere is mehr für Ritter Süssmuth. Ich sach immer, auf jeden Topf krisse auch en Deckel für.

Die Claudia is ja gez da mit diesen Zauberer liniert, den Ammi, wie heißt der, Devi Copperfilz, weiße, der da in Las Vegas ständig ein verschwinden läßt. Dat is doch auch son langes Elend. Deswegen is der auch Zauberer geworden. Wat meinze, wat der alles an sich verstecken kann, ohne dat dat gez großartig auffällt. Aber da bei diesen Klamottenskandal neulich war der auch mit all seine Magie von den Latein am Ende.

Die Schiffersche hat doch auf sonne Männekenshow da diesen Fummel aufgeführt mit so auswärtige Buchstaben drauf. Ja, und gez muß wohl einer in Publikum drin von diese Mullis dagewesen sein, sieht dat, kricht en dicken Hals und sacht, ich muß ma sofort auf Telefon! Ruft der seine Chefmullis an und verschafft denen ersma en Überblick über dat Kleid.

Ja hömma, da ham die den Erfinder von dat Kostüm, diesen Klaus Lagerfels, aber ersma en eins a Einlauf gemacht, dat den der Arsch auf Grundeis ging und der die Claudia befohlen, sofort den Kittel auszuziehen. Wenn man nämlich genauer hinkuckte, taten sich diese Buchstaben als Koran entpuppen. Ich mein, kumma, dat gehört sich aber auch nich. Die würden doch auch nich hingehn und auf son Turban unsere Zehn Gebote verwursten. Da ham die doch auch Reschpekt für.

Ja, da hat sich der Lagerfels ersma entschuldigt und auf Versehen plädiert, weil er angeblich keine Ahnung hätte, und er hätte den Lappen auch sofort wieder kaputtgemacht. Ja, und die Claudia, die latscht doch seitdem aus Sicherheitsgründen auch nur noch mit so Körperwächter durche Gegend.

Wat meinze, wat der Copperfilz seither stinkig is. Der kommt doch gar nich mehr richtig zum Zaubern ... bei die Claudia. Aber ich mein, andererseits, der Mann verfügt ja über Möchlichkeiten, sich da wieder an Start zu bringen. Da bin ich ma gespannt, wat der sich da fürn Trick ausdenkt.

Doping

Boh glaubse ...

... schon wieder en Weltrekord! Sagenhaft! 100 Meter Brust. Diesma ein Ammi.

Warum nich, die könn da auch schwimmen, dann solln se auch ma en Rekord bekommen.

Dat wird aber immer verrückter mit die ganzen Kampfschwimmer. Wenn dat so weitergeht, müssen se demnächs diese Badewettbewerbe alle in Zeitlupe zeigen, damit du überhaupt noch als Zuschauer dat Geschehen im Becken nachvollziehen kannz.

Meine Fresse, der sieht vielleicht aus, der Ammi, als wenn se den son Kubikmeter Preßluft in den Balg gepumpt hätten. Dat geht doch nich mehr mit rechte Dinge zu, bei diese Schwimmtiere, muß man ja schon sagen. Dat is doch nich mehr natürlich, wat sich da aum Startblock breit macht.

Aber wer ernährt sich denn noch gesund von die Wasserratten? Meinze, da kricht nochma einer son ordentlichen Schaschlik zwischen die Kiemen oder son Schlag Eintopf? Dat glaub ma ja nich.

Die fressen doch nur noch von morgens bis abends Tabletten, Zäpfchen und Spritzen für ihre Muckis, damit se dann die ganzen Pokalerfolge abzocken.

Die sind doch alle so vollgepumpt mit diesen Dopping, wie ... wie ... na ja egal. Deswegen ham die ja auch seinezeit die Pippiüberwachung eingeführt, um rauszukriegen, wer gez von die ganzen schrägen Vögel noch echt is. Wat meinze, mit die ihre Urinproben im Gepäck, da kannze ein Krieg mit gewinnen.

Dat is doch nich mehr im Sinne der Schöpfung. Wenn der liebe Gott dat gewollt hätte, dann hätte der seinen Jesus aber auch anders zurechtgemacht.

Aber die ham ja schon seit einige Zeit ihre Fottfinger inne Schöpfung drin. Meinze, die ham mit ihre Genforschung vor die Schwimmer haltgemacht? Ich möcht nich wissen, wer von die Fischköppe schon alles heimlich mit Kiemen schwimmt.

Ja nu, am Ende hamse bei die Franzi, den Goldfischken, auch schon dran gedreht. Ja nu, wenn die nich mit ihre Flossen als erste an den Startblock anklatscht, dann werden die doch von diese Schokoladenfirma, für die die im Wasser geht, auch pampig.

Da beißt sich die Katze den Schwanz in Sack. Dat is doch gar nich mehr alles spannend, wer gez mit wieviel tausendstel Sekunden Vorsprung als erster durch et Ziel gondelt.

Weiße, wat ich ganz persönlich gez, als Herbert Knebel, spannend fänd? Wenn der Helmut Borsig, der Kurt Harras und ich ein Schwimmkampf veranstalten würden. Da hieß et nämlich nich, wer wird erster, sondern wer kommt an! Ja, dat is Sportsgeist!

Ehescheidung

Boh glaubse ...

... ich bin geladen wie ein Schießhund! Ich steh regelrecht am Rande von eine Explosion.

Ich sach dir, wenn ich gez nich sofort meine Kappe hier wiederfinde, dann passiert wat! Ich weiß zwar noch nich genau wat, aber da laß ich mich ma selbs überraschen.

Boh, ich sach dir, wenn die Guste die verbummelt hat, dann werd ich hier zum Vulkan. Dann hat die hier den speienden Ätna höchstpersönlich inne eigenen vier Wände.

Paß ma auf, am Ende hat die die noch für dat Winterhilfswerk gespendet. Ich sach dir, wenn ich die Kappe gez nich wiederfind, dann soll die mich erleben, die mit ihren Ordnungsfimmel. Dann zieh ich Konsiquenzen.

Genau! Weiße, wat ich mach? Ich laß mich scheiden!

Ja, warum denn nich? Heutzutage läßt sich doch jeder Arsch scheiden. Von die Lady Dings angefangen bis zu die Liz Teiler. Die is doch regelrecht die Königin von die Scheidungen. Die läßt sich doch noch öfter scheiden als liften.

Wenn die Prommenenz dat kann, dann kann der Normalverbraucher dat doch auch bald.

Dat mit den »für immer und ewig« is doch sowieso inne hohle Hand geschissen. Da läßt ma einer ausse Partnerschaft en falschen Furz, und schon is die Kacke am dampfen. Ruckzuck stehn se dann vorm Kadi und sind geschiedene Leute. Ja, heutzutage geht dat rubbeldiekatz.

Ich versteh dat nich, wieso sich inne heutige Zeit überhaupt noch einer dat Jawort gibt. Aber die sind wahrscheinlich alle rattendoll dadrauf, ma einma mit die weiße Kutte vor den Altar vorzutreten und sich dann mit so verklärte Gesichter die Ringe aufe Knochen zu stecken.

Dann fahrn se nochma einma mit den gemieteten Daimler ne Runde um Block, und dann schlägt der Alltach aber auch schon zu, mit all seine Tücken.

Wat meinze denn, wat dat für einen Kostenschwanz nach sich zieht: die Brautausrüstung, die Ringe, die Feier, die Hochzeitsreise, Einbauküche, Schrankwand, Kellerregal, Kleiderbügel, Fußmatte mit »Herzlich Willkommen« drauf und dann die Scheidung!

Ruckzuck bisse um Haus und Hof gebracht.

Ja, und wenn dann noch dein Partner dat Gericht so belabern kann, dat die glauben, dat du ein Mistkerl bis, dann heißt dat aber bis in alle Ewigkeit »Zahlemann und Söhne«!

Wer weiß, wenn et hart auf hart kommt, wat die Guste da alles über mich auspacken würd? Die würde den Prozeß gewinnen, ich müßte abdrücken, und die Kappe wär immer noch weg.

Ach komm, da geh ich lieber nochma richtig kucken, bevor ich mich selbs innen Ruin treib!

Einschaltquoten

Boh glaubse ...

... schon wieder Erster geworden, die vonne Tagesschau!

19,4 Prozent, 8,83 Millionen Zuschauer! Sagenhaft, dat die immer Erster werden. Die wissen doch mittlerweile gar nich mehr wohin mit die ganzen Pokale.

Ah, paß ma auf, gestern is bestimmt wieder eins von diese schlimmeren Katastrophen passiert. Da hamse wieder alle blutrünstig anne Mattscheibe geleckt.

Weiße, wat mich ma interessieren würde, wie die dat mit diese Quote überhaupt messen können?

Zum Beispiel ich. Gestern abend war ich ers den Derricks am kucken. Dann war dat aber so grottenschlecht gewesen, dat ich schomma so auch bei die andern Sender mit am reinkucken war, ne.

Auf den einen lief Mutantenstadl mit den Karl Moick und seine Saubande, dann Reklame, Ingel Meise war auch auf ein Kanal am janken und wat weiß ich nich noch alles.

Auf jeden Fall, da bin ich da einen regelrechten Umschaltkoller erlegen. Dat is ja nich nur bei mir so. Ich weiß zich andere, die auch so durch die Schännels am schalten sind.

Und gez frag ich mich: Woher wolln die von diese Meßstation wissen, wat ich am kucken war? Dat weiß doch kein Schwein, außer vielleicht der Helmut Borsig von nebenan, wenn der schomma bei mir am mitkucken is.

Aber ich kann mir nich vorstellen, dat der gez zu diese

Quotenheinis läuft und mich derekt verpetzt. Oder? Obwohl, der Helmut, da kannze auch nich immer drauf bauen.

Vielleicht ham die uns auch alle angezapft. Ja, wat weiß ich denn. Dat is doch möchlich, dat gez im Apparat selbs, schon vom Werk aus, eine Wanze drin versteckt is, die dann im entscheidenden Moment, also gez beim Kucken von eine Sendung, die dann inne Anstalt meldet, dat ihre Sendung gekuckt wird, wat ein Ausschlag zur Folge hat, auf diese Anstaltsmeßgeräte.

Ja nu, dat is doch nich völlig ausse Luft rausgegriffen. Heutzutage passieren doch noch ganz andere Klamotten.

Man! Weiße, wat ich gez mach? Ich schraub die Flimmerkiste auf und such dat kleine Luder.

Ich laß mich doch nich in meine Intimmsfähre rumfummeln. Man, wir ham doch nich mehr 1984 von George Overall!

Familienfeiern

Boh glaubse ...

... hat die Guste ein am Appel? Wen will die Frau denn noch alles einladen zu unsere scheiß Silberhochzeit? Oder is dat gez schon Goldene, oder wat ham wir hier eigentlich am laufen? Man, dat nimmt aber auch kein Ende mit sonne Ehe!

Man, man, man, kuck dich ma die Einladungsliste an. Wo soll ich die ganzen Leute unterbringen bei mir inne Hütte? Ich kann dat ganze Gesocks doch nur noch schichtweise abfertigen.

Man, hier is doch nich Hotel Knebel mit Vollpangsion und frei Saufen. Ich mein, sicher, en paar Gäste aufe Bude, wenn die gez teure Geschenke dabeihaben, da lohnt sich dat wenigstens unterm Strich. Aber dat, wat die Guste da inne Planung hat, dat is doch der wirtschaftliche Urin für uns.

Kuck dir dat ma an da aufe Liste. Dat sind doch bestimmt sechzig, siebzig Mäuler, die ich denen verstopfen muß.

Ich kenn die Kollegen doch. Die hungern sich eigenhändig tagelang selbs aus, bis die son richtiges Vackeum im Wanst verspüren, und dann fallen die bei mir über die Silberzwiebeln her, wie seinezeit der Dschingis Kahn mit seine Wikinger.

Da, den Theo Röttger hat die auch wieder eingeladen. Ich weiß überhaupt nich, in wat fürn Verhältnis der alte Witwentröster zu meine Olle steht. Ich bin doch noch

Existenz! Da liegse noch nich ma mitten Arsch inne Kiste, da kreist der Aasgeier schon über meine Frau. Na ja, besser als über mich.

Kuck dir an, die Änne hat se auch eingeladen, die Sabbelfott! Die kommt rein, holt Luft, und wenne der dann nich sofort en Fischbrötchen reindrücks, macht die den ganzen Abend Alarm wie son Maschinengewehr.

Dat is mir gez schon klar, dat ich mich an den Tach abseil. Da laß ich mich von ein Proffischauspieler dubbeln und mach mir en schönen Tach auswärts.

Obwohl, nachher geht dat Elend ja noch weiter. Wat meinze, wenn die ganze Bagage dann raus is ausse Bude, dann sieht dat doch aus wie nach ne Plünderung inne Bronxe von Neu York. Ruckzuck hasse en Quast inne Hand, um die ganzen Essensreste zu übertünchen.

Nee komm, ohne mich. Weiße wat, da denk ich mir schön ne Verhinderung aus. Und wenn ich mich für ne Operation hergeb. Da mach ich mit bei sonne Organspendung. Da spendier ich irgenzeinen meinen Grützbeutel. Ach komm, dat kann ich auch nich machen, da hängt die Guste so dran.

Da gibbet nur eins: Augen zu und durch! Mitgehangen, mitgefangen!

Filmtricks

Boh glaubse ...

... weiße, wat sich über all die Jahre hinweg unheimlich entwickelt hat? Dat sind diese sogenannten Filmtrickse.

Ne also, zum Beispiel, wenn gez einer von son Wolkenkratzer runterspringt, wie sagen wir ma dieser Batmann, dat macht der ja gerne, da is der ja praktisch poppelär durch geworden, da müßte unsereins ja anschließend im Gipskostüm weiterspielen, ja, und den Batmann is überhaupt nix passiert, weil nämlich ein Trick an den fabriziert worden is. Der Batmann steht nämlich nur im Studio und springt von son Campingtisch runter, und hinter den läuft ein Film ab, von einen andern, der wirklich so bekloppt war und da runtergesprungen is und die schönen Aufnahmen hinterlassen hat.

Gez denkt doch jeder im Kino, dat is der Batmann gewesen, und in Wirklichkeit war dat nur einer von diesen hochmodernen Filmtricksen. Ja, und der Batmann sackt sich oscarmäßig die Lorbeeren ein, und dieser arme Standmann wird höchstens nochma im Abspann erwähnt. Ja, und die Filmgesellschaft läßt maximal noch en paar Kröten für die Grabpflege springen.

Also dat wär doch vor fuffzig, sechzig Jahren unmöchlich gewesen. Zum Beispiel früher diese Gottzilla- und King Kong-Filme, da hasse doch sofort geschnallt, dat da einer in den Pelz drinsteckte und sich für den Gottzilla ausgegeben hat. Der echte Gottzilla wollte doch mit son Scheiß gar nix zu tun haben.

Und im Laufe der Filmgeschichte hat sich dat immer mehr verfeinert. Zum Beispiel später bei den Lassie, da hat man dat doch schon gar nich mehr gemerkt, dat da einer in den Köter drin war.

Ja, und heutzutage krisse doch überhaupt nich mehr auseinander, wer is Trick und wer nich. Wer is der Schauspieler und wer is der Dinosaurier, wie dieser Steffi Spielberg. Ja, die holen die Tiere und ihre Darsteller gar nich mehr ins Studio. Dat wird heute alles am Computer erstellt. Da ham die ungeahnte Möchlichkeiten mit. Die können Tote dadurch aufstehen lassen, so dat die wieder mitspielen können. Man weiß doch gar nich mehr, wer is tot, wer lebt noch, wer is noch unter uns.

Zum Beispiel der Tom Hengst, der sich da im Film neulich mit den John Eff Kennerdy unterhalten hat. Ja, da fragt man sich doch, is der Tom Hengst gez tot oder nich. Dat läßt sich doch gar nich mehr aufklären.

Wat mich aber am meisten immer beeindruckt hat, dat waren die Trickse von diese Zukunftsfilme: die »Infusion vonne Vega« oder »Krieg die Sterne«, »Peterchens Mondfahrt« oder »Traumschiff Unterpreis« mit den Spock als Vulkanmann, dat hat mich immer völlig geplättet. Jedesma, wenn ich dat Spitzohr von den Spock gewahr geworden bin, hab ich mich gefragt, mit welche Trickse die den seine Frisur hinbekommen haben.

Großverdiener

Boh glaubse ...

... dat is ja sagenhaft, wat manche Leute in ihre Lohntüte am stecken haben, nur so für einen Monat. Da käm unsereins seine ganze Existenz mit aus.

Zum Beispiel gez so Showstars, Proffifußballer, Spitzenathleten, oder son Frank Elstner, Politiker vonne Regierung ... die ham doch mehr Asche im Sack als gez son guter Verbrecher, so wie seinezeit die beliebten Posträuber von England mit Horst Tappert. Und die hatten damals nach den Clou einiges aufe Tasche!

Nee ehrlich, als ich dat damals gewahr geworden bin von diese Banditen, da war ich schon impeniert davon. Obwohl, mittlerweile weiß man ja, wo man eine Kuh melken muß, um an ihren Zaster zu gelangen.

Kumma gestern, ne, da saß ich beim Glatzenschneider inne Warteschleife mit son Revolverblatt inne Flossen, »Olle im Spiegel« oder son Dreck.

Ich mein, anfürsich kannze mich ja mit so Klatschgazellen jagen, fast so wie mit Graupensuppe, aber wat wollze machen, den Kicker hatte sich schon der Helmut Borsig abgegriffen, ja, und da hab ich ma son Auge in die Illestrierte riskiert.

Ja, und da stand et schwarz auf weiß, wat die Promenenz alles an einen einzigen Abend am verdienen is. Wat meinen Sie denn, wat sonne Magret Schreinermackers durch ein einziges Auftreten abzockt? Gez raten Sie ma! Da komm Sie nich drauf. Da war ich aber auch platt gewesen.

Ich sach nur eins, fürn Fischbrötchen läuft die nich vor de Kamera!

Oder son Becker ... also gez nich Brötchen, sondern Tennis. Da schwingt der en paarma die Keule auf den Zentnerkurt und is derekt inne höchste Steuerklasse! Der hat doch schon die ganzen Schweizer Banken vollgemacht mit seine Flöhe.

Und der hat ja noch nich ma großartige Kosten. Son Tennisschläger krisse doch heut schon für fuffzig, sechzig Mark in jedem Kaufhaus hinterhergeschmissen. Dann brauchse noch son paar Galoschen vom Pumidas, die sind mittlerweile auch überall runtergesetzt, und fettich is die Lauge.

Ich weiß auch nich, irgenzwie macht unsereins wat falsch. Ich hätt damals ne Lehre als Quizmeister oder Lustiger Musikant machen solln. Da wär ich heute mit mein Sparschwein auf Sylt und würd den Fetten machen!

Handwerker und Ärzte

Boh glaubse ...

... mein Nervenkostüm is ein Frack! Bei uns im Haus sind die Handwerker aktiv. Wat dat zu bedeuten hat, brauch ich ja wohl nich weiter auszumalen. Da klingeln ja wohl sofort bei jeden die Alarmsirenen inne Erinnerung.

Komm, Herbert, ganz ruhig bleiben, nich aufregen. Denk dran, wat der Onkel Doktor dir verschrieben hat: ganz langsam bis zehn zählen!

Eins ... zwei ... drei ... vier ... boh, dat geht mir aber gez aum Sack! Scheiß wat auf den Arzt. Man du, der hat gut kacken da, mit seine funkelnagelneue Villa mit allen Schnick und Schnack dran. Dat is doch auch letztendlich von meine Diagnosen erbaut worden. Der soll mir wat erzählen da, mit seine Zählerei, der Sack!

Wat is dat denn für ne Art von Heilung. Is dat gez der neueste Schrei? Dat gibbet doch nich. Demnächs kommt da einer mitten Infarkt vorbei, und dann schickt der den ersma mit ein Dreisatz nach Hause. Darüber verendet der Patient dann, und der Quarksalber kassiert dann noch bei die Kasse ab.

Weiße, wat ich den wünsch? Dat bei den in seine Praxis drin, am besten noch mitten inne Operation, sämtliche Rohre platzen und von mir aus noch zusätzlich Kabelbrand und ne ausgelaufene Waschmaschine sind.

Und dann würd ich nämlich hingehen und sagen: Oh, Herr Doktor Heinemann, hier is aber schön die Kacke am dampfen. Ich mein, ich will mich nich aufdrängeln, aber ich kann Sie eine eins a Handwerkskolonne aufdrängeln.

Und gez schnappt die Falle zu. Gez brauch der nur noch »ja« zu sagen, dann hab ich den im Sack. Dann kommen nämlich die wilden Gesellen vorbei. Dann stemmen die den nämlich ersma seine Hütte auf und verduften. Nach eine Woche schicken die den Stift zum Leergutabholen vorbei, und sons passiert gar nix! Ja, und irgenzwann fängt der an, auf sein Hof ein Notlazarett einzurichten, und dann kommt der Winter!

Und weiße, wat ich da mach? Weiße, wat ich da mach? Da geh ich da kerngesund vorbei und sach für den: Na, Herr Doktor Heinemann, heute schon bis zehn gezählt?

Handy

Boh glaubse ...

... wat mir inne letzte Zeit unheimlich aum Sack geht, dat sind so Arschgeigen, nur mit son Hörer inne Hand. Weiße, diese Handis. Dat is im Moment wie eine Seuche mit die Apparillos. Jeder Heiopei, der meint, er müßte wat von sich halten, kauft sich son Horchomat und versucht, andere, wie mich gez auch, mit so normale Telefone, weiße, mit Schnur dran und alles, wie sich dat von rechtswegen gehört, zu beeindrucken.

Ich mein, sicher, manche Menschen brauchen son Gerät schon so von Berufs wegen, sagen wir ma gez Notarzt. Ma angenommen, der muß aum Boiler und sich ne Stange Lehm aussen Kreuz holen. Ja hömma, früher wär dat doch gar nich möchlich gewesen. Der Mann, der hätt doch bis nache Schicht an sich halten müssen. Son Notarzt muß doch immer inne Verfüchbarkeit sein.

Ja, und heutzutage is doch durch diesen Handi einiges lauer geworden für die Ärzte. Die sind doch überall und immer erreichbar. Die können doch ganz entspannt auf die Schüssel drauf. Hömma, soviel müssen die gar nich, wie die gez mit diesen Handi können könnten.

Aber weiße, die meisten, die son Ding haben, die ham doch ein anne Waffel. Die wolln doch nur mit den Handi aufe Kacke haun. So Wichtigtuer, so Möchtegerns.

Hier bei uns inne Nachbarschaft, der Helmut Borsig, dat is auch son Kranker. Vorzeitiger Ruhestand! Die Olle is den letztes Jahr türmen gegangen, die Blagen können den auch nich riechen, ja, wat will son Mann mit son Mobilhörer?

Da sacht der: Ja, wenn die Frau sich meldet! Ich sach: Helmut, die Olle is weg! Die kommt nich wieder. Wat weg is, is weg. Da änders du auch mit dein Mobilhörer nix mehr dran. Meinze, da läßt die sich von impenieren?

Et is immer wieder erschütternd, wat sich manche ausdenken, um als tolle Wurst im Licht zu erscheinen. Die verfügen nich über dieses nötige Kariesma und kaufen sich dann sonne Scheiße.

Dat is doch genauso wie diese Surfbrettsärge aufe Autos drauf, wo in Wirklichkeit gar keiner drin is, nur, um so ein Sportsmann raushängen zu lassen.

Wenn et nach mir ging, weiße, wat ich machen würd? Den Handi mit den Halter in den Surfbag und dann feste mit den dicken Knüppel drauf. Da triffse immer den Richtigen!

Horoskope

Boh glaubse ...

... manchma isset ja doch interessant, wat so in diese Horrorskope vonne Illestrierten über einen selbs drinsteht. Zum Beispiel gez über mich.

Wat bin ich nochma für ein Tierzeichen? Jungfrau! Da ham wir et doch schon: Geboren vom 24.8. bis 23.9. Ja, ja, dat zog sich damals.

Ma kucken, wat se gez schreiben: »Es knistert wieder. In der Liebe stehen alle ... Ampeln auf Grün. Ehe Sie sich versehen, rappelts im Karton. Gez ran an den Speck!«

Meinen die gez meine Frau, die Guste, damit, mit den Speck, oder kommt da bald ne andere im Busch aussen Quark oder wat? Dat is ja praktisch ne Anstiftung zum Seitensprung.

Ich mein, ich laß mich ja gez nich scharf machen, aber et gibt auch Kerls und Weiber, die würden gez schon aussehen wie Nachtbars Lumpi, so spitz wären die.

Die müssen aber auch ma vorsichtig sein mit ihre Weissagungen, diese Sterndeuter. Ich mein, bei die ganzen Apparillos, die da oben durch dat Uneversum am fitschen sind, da kannze doch schomma schnell einen Irrtum aufsetzen.

Diese ganzen Sternhaufen und Nebel, Großer Wagen, Kleiner Bär, Pollersterne und dann die ganzen Atztendenten, zwischendurch ma ein Satellit, Apollo 12 oder ein Russe, da steigt unsereins doch nich ma mehr durch.

Und auf Grund von sonnen Schisselaweng wolln die ein

Tipse geben, wie man den Leben sein Herr werden kann, wanne zum Beispiel im Beruf den Fetten machen solls oder inne Liebe den Larry raushängen läßt oder andersrum. Ja, und unsereins fällt da noch drauf rein, und ruckzuck bisse der Arsch der Woche!

Kucken se ma, der Heini Bückmann ausse Emscherstraße, der war immer sein Horrorskop hörig. Dat war praktisch den seine Bibel. Ja, und einma stand da wohl in die Proffizeiung vonne »Praline«, Heini, du solls so feste feiern, wie se fallen, ja, und dann muß der Mann wohl dermaßen versackt sein, dat der heute noch en Pflegefall is.

Dat hatten se dem aber nich vorausgesacht, dat der son Elend nach sich zieht, der Heini.

Nee komm, ich laß die Finger von die Flirterei, von wegen »Ran an den Speck«! Nachher land ich da mit meine neue Perle bis zu den Michael Schangze in seinen Flitterabend. Ja, und dann steht meine Frau da, als Kameramann verkleidet mit einen Ballermann inne Hand, und pustet mir die Grütze ausse Runkel und dem Schangze auch!

Wat is die Guste eigentlich nochma für ein Tierzeichen? Schütze! Ach du Scheiße!

Hundehalter

Boh glaubse ...

... gez mach ich aber ersma en paar Kreuze. Gott sei Dank is der Helmut gez mit sein Fiffi abgedackelt. Wenn der da mit den Köter noch eine Minute länger bei mir inne Bude geblieben wär, dann hätt ich aus den Hund aber selbs regelrecht Schappi hergestellt!

Man, man, is dat ne verrückte Töle! Hier, die ganze Auslegware hat der mir vollgesabbert mit seine Spucke. Ich weiß auch nich, dat Tier is da irgenzwat in den Teppich gewahr geworden. War der da am rumscharren und stochern, als ob da en Knochen vergraben worden wär.

Ich sach für den Helmut, hömma Helmut, wat is denn mit den Trixi los? Hat der ein am Appel oder wat, oder is gez den sein Instinkt mit den am durchbrennen?

Nee ehrlich, der Trixi hat hier einen Zirkus veranstaltet, wie im Zirkus. Aber dat is ja auch kein Wunder. Der Hund is ja bei mir inne Wohnung gar nich in sein eigenen Element. Ich weiß gar nich, ob Sie dat wissen, der Trixi is ja einer von diese Husky-Hunde, auf gut deutsch gesacht. Der is ja anfürsich gelernter Schlittenhund.

Ich sach noch so seinezeit zu den Helmut Borsig, Helmut, wat wills du mit ein Schlittenhund hier inne Gegend bei uns? Dat Tier findet doch hier überhaupt keine Arbeit. Wir leben doch hier nich aum Kahlen Asten oder Nebraska.

Ich sach, Helmut, du has doch noch nich ma en Schlitten, wat wills du denn dann von den Trixi? Den Hund sein Talent is doch hier völlig falsch am Platz aufgehoben.

Und son Tier kann sich ja auch nich einfach so umsatteln lassen, wie unsereins, zu Schäferhund oder Boxer. Dat is doch auch kein Wunder, dat son Schneebello bei uns inne Breitengrade, wo jede Schneeflocke, wenn se denn ma kommt, sofort mit Salz bekämpft wird, wenn son Hund dat arme Dier kricht.

Ich sach, Helmut kumma: Also ohne dat ich für den Trixi gez die Partei ergreif, wenn se dich gez als Fliesenleger in Lappland verpflanzen, ja, dann sabberse denen aber auch ersma den Teppich voll, den Lappen.

Nee komm, en alten Hund pflanzt man nich um. Nee ehrlich, wenn der Helmut en Herz hat, dann setzt der den Trixi in Winterberg aus. Dat muß ich dem ma unauffällig stecken.

Karl May

Boh glaubse ...

... weiße, wer mir auch die Tage wieder, nach ganz ganz lange Zeit, inne Finger gekommen is? Der Karl May, der Vatter von Winnetou I bis III.

Ich war so bei mir im Wohnzimmer am abstauben, und unter sonne dicke Möckelschicht, also inne oberste Regalreihe, wo die Guste mit ihre Stummelbeine gar nich drankommt und ich dann schomma alle paar Jahre Hand anlegen muß, da lag er dann auf einma: »Der Schatz im Silbersee«!

Ich denk, gez holen se mich ab. Is dat nich der bekannte »Schatz im Silbersee«? Ja, und rubbeldiekatz war ich schon wieder am schmökern. Dat war dann auf einma für mich wie eine Reise in eine unheimlich vergangene Zeit, Ja, und auf einma kam die ganze Bandbreite von meine Kindheit in mir hoch. Ich hab se alle gehabt: Unter Geiern, Der Schutt, Old Schuhhand, Bambi, Durch den wilden Kurdistan, Halbblut und wie se alle heißen, die lustigen Gesellen ausse wilden West-Zeit.

Wen gab et da noch: Sam Hockins, wenn ich mich nich irre, hihihi, Hatschi Halef Omma, dat war ja beides der Ralf Wolter, die N'Skischuh, dat hab ich bis heute nich verstanden, wat dat fürn Vorname is, »N«. N ... na ja, die warn einfach jeck, die Rothäute. Wen kannte der noch alles, der Kalli May? Den Old Shatterhemd mit sein Henri Stutzen, den Bärentöter, den Kaba Ben Nemsi, dat war ja alles der Leck Barker gewesen. Aber wen ich immer am lustigsten fand, dat war der Winnetou, der Hauptmann vonne Ampanschen, der langjährige Lebensgefährte von den Old Shatterhemd.

Da is mir immer die Herzklappe aufgegegangen, wie der Karl May dat immer so schön beschrieben hat, seitenlang, wie der Winni mit sein schwatten Klepper, den Iltis, durch die ewigen Jachtgründe stolzierte, die Silberbuchse immer im Anschlag, für den Fall, dat der Ölprinz umme Ecke kommt.

Ja, dat warn für uns damals Helden, Vorbilder, wie die den Bleichgesichtern mitten Skalpell dat Fell über de Ohren ziehen konnten, dat war schon oberste Liga! Wer kann dat heute noch?

Nee, mein Herz hat immer für die Indianer geschlagen. Die mußten sich ja auch einiges bieten lassen von die Ammis. Ers hamse denen für Spaß die ganzen Büffels weggeschossen, dann die Grundstücke weggenommen und ham die dann alle auf son Campingplatz zelten lassen, und damit die nich anfangen zu motzen, ham die die mit Feuerwasser vollgepumpt. Ja, dat Leben is nich immer gerecht. Schon gar nich im Wilden Westen. Da können die Indianer heute noch ein Lied drauf singen.

Kirmes

Boh glaubse ...

... ich bin noch ganz meschugge. Bei mir dreht sich dat Innere nach außen. Also nich, dat Sie meinen, euer Herbert is erbärmlich abgestürzt. So viel sauf ich ja auch nich.

Nee, ich war mit die Enkeln, mit den Marzel und die Jackeliene, aufe Kirmes. Nee ehrlich, da is gez noch der Backfisch inne Gedärme am rotieren. Die Blagen ham mich aber auch auf Apparate draufgeschleppt, dagegen is aber Apollo 13 ein Schiß. Auf die Apparate sollten die ma ihre Kozmonauten drauf trimmen. Da könnten se aber ihre Trainierhalle in Husten, Texas, dichtmachen. Da kann sich der Kap Kennerdy aber wat anderes für ausdenken.

Dat fing anfürsich ganz harmlos an. Also wir ham ersma so künstliche Nahrung aufgenommen: Zuckerwatte, Popskorn, Bratapfel. Und dann derekt mit die volle Wampe inne Geisterbahn. Et is ja unglaublich, wat da alles arbeitet als Erschrecker. Ich bin mir ziemlich sicher, dat ich da den Helmut Borsig, meinen Nachbar, gesehen hab. Ich werd den bei Gelegenheit ma fragen, wat der sich da so nebenbei als Geist verdient.

Ich mein, dat mit die Geisterbahn hab ich alles in allem noch gut verpackt, obwohl, der Helmut is mir schon son bißken aum Magen geschlagen, wie der sich da in die eine Kurve selbs am würgen war.

Ja, und dann fing der Marzel aber an zu drängeln, dat er auf dies Hulli-Gulli-Gerät wollte.

Meine Fresse nee, wurdse da in sonne Kapsel reingezwängt, gegen einen Schips, und dann dreht sich dat Dingen auf einma wie ein Krupps-Drei-Mix auf allerhöchste Stufe, aber so, dat du meinz, die Innereien spielen die Reise nach Jerusalem, nach dem Motto: Einer muß raus!

Ja, und die Blagen sich am kaputtlachen, und ich wollt en Priester kommen lassen.

Und dann der Leiter von den Hulli-Gulli immer mit seine Drohungen: »Gez legen wir nochma en Zahn zu! Gez kommt et ganz dicke! Fangt an zu beten!«

Ich denk, Kollege, wenn ich hier jemals lebend rauskommen sollte aus den Hexenkessel, dann setz ich dich aber höchstpersönlich auf dein Hulli-Gulli Entsafter. Dann kannze anschließend neben den Helmut Borsig inne Geisterbahn als Kinderschreck auftreten.

Und dann die ganzen anderen Apparillos, die ham mich so plemplem gemacht, dat ich schon gar nich mehr weiß, wo ich da drauf gewesen bin.

Na ja, wat mich dann son bißken versöhnt hat, war, dat die Enkeln mir bei unsern Abgang von die Kirmes von ihr eigenes Erspartes ein Lebkuchenherz abgeschossen ham. Dat is unglaublich, wie geschickt die Kinder mit den Karabiner umgehen konnten.

Weiße, dat war son Herz mit sonne ganz anrührende Gravitation drin: Für Opa!

»Ich bin noch ganz meschugge vonne Kirmes.«

»Dat is die selbstgezapfte Schneckenfalle für den Hansi.«

Kleingärtnerwahn

Boh glaubse ...

... der Hansi Schuricke, dat is vielleicht ein Pingelskopp! Gez sitz ich hier schon ne geschlagene Zeit am Fenster und studier den seine Machenschaften in den sein Beet drin.

Ich weiß nich, ob Sie bei den Hansi schomma zu Hause waren? Der hat einen Vorgarten, da kricht ein Regenwurm Platzangst. Da machse ein Spatenstich und has derekt den ganzen Garten umgegraben. Wenn unsereins Dünnpfiff hat und dann schomma son Stück Land inne Hose rutscht, dann macht dat aber mehr her.

Ich weiß auch nich, wat der mit den Haufen Erde da bei sich alles anstellt. Ich hab den schomma so angesprochen die Tage, ich sach, Hansi, du mußt den Boden doch auch ma ruhen lassen. Du mußt den Humus doch auch ma ne Pause gönnen! Ich sach, Hansi, dat is wie im Tierreich, die wollen auch nich immer ständig umgedreht werden.

Aber für so Problematiken war der Mann gar nich zugänglich. Ganz im Gegenteil, ständig siehse den mit so Giftfässer durch seinen Garten eiern, nur damit der immer wie geleckt is. Kaum kuckt da ma sonne Blattlaus umme Ecke, da knallt der schon son Faß drauf.

Ich sach wieder, Hansi, is dir eigentlich klar, woran du dich vergehs? Du brings doch dat ganze Ökogewicht ausse Gleichheit mit deinen Kleingärtnerwahn! Du gehs vielleicht mit deine Mutter Erde um, als wär dat der letzte Arsch. Dein Betreiben is doch gar nich mehr modern.

Vor kurzem auch wieder, da hat der da bei sich Schnekkentod verstreut, aber so, dat die ganze Siedlung Last mit Asthma hatte. Da mußte ich den ersma verklickern, dat die Natur für so Fälle auch ihre Mittel zur Verfügung hat.

Ich sach nochma, Hansi, wat lockt unsereins am meisten an? Gez hatte der Hansi irrtümlicherweise auf Weiber getippt. Aber da hab ich den ersma aufgeklärt. Ich sach, Hansi, mit Weiber kannz du gegen Schnecken gar nix ausrichten, da ham so Schnecken gar kein Auge für.

Mit Speck fängt man Mäuse und Schnecken ... mit Bier! Da stellze sonne Schüssel mit lecker Bier drin auf, und dann sollze ma sehen, wie die kleinen Schleimscheißer angeschossen kommen und sich da inne Fluten stürzen. Und dat schöne is, die können nich schwimmen!

Ja, wenn der Hansi da ma öfter lecker Pils im Garten hat, dann komm ich auch ma wieder vorbei.

Mafia

Boh glaubse ...

... weiße, wat inne letzte Zeit auch immer gefährlicher wird, also förmlich als für einen selbs als Bedrohung erscheint? Dat sind diese Lümmels von diese Mafiafamilie!

Die ham doch mittlerweile überall ihre Fottfinger drin. Dat kannte ja unsereins bislang nur aus so Mafiasendungen im Fernsehen, so Krimis von Amerika oder Palermo auf Sizilien selber gez. Ja, und gez is dat auch bis nach hier zu uns vorgedrungen.

Du muß doch heute schon davon ausgehen, wenne dir ne Pizza kaufs, dat ein Stück davon derekt auf den Spendenkonto von den Camorraverein geht.

Die von diese Mafia ham ja früher ganz klein angefangen, quasi als Protestbewegung. Dat war ja seinezeit so, dat der amerikanische Bundeskanzler aus irgenzein unerfindlichen Grund dat Pils verboten hatte und Alt, aber auch Kölsch, Export und so Kurze, also Klare und Steinhäger, ja, und dat hat dann dat Faß von größte Teile der Bevölkerung zum Überlaufen gebracht.

Ja, und dat war dann die Stunde von Alk Capone. Ja, da hat der dann den ganzen Fuselverkauf selbs inne Hand genommen und is darüber zu eine Mächtigkeit angelangt, wo einem Hören und Sehen vergeht. Ja, und dat hat Schule gemacht. Ruckzuck wollte jeder dann die schnelle Mark machen. Ja, und dann sind ja einige Bekanntheiten daraus entstanden: Datsch Schulz, Mayer Lenski, Marlong Brandu und wie die ganzen Patenonkels hießen.

Ja, und heute is dat ein Weltunternehmen, wie Wollwort, mit Filialen bis an Arsch der Welt.

Und dat is ja auch nich mehr nur diese amerikanische Mafia, sondern chinesische, Russenmafia und wat weiß ich nich alles. Die Pollezei sacht doch auch schon, dat die gar nich mehr der ihr Herr werden können.

Der Kurt Harras hier von nebenan, der is schon immer Wachtmeister gewesen, der sacht auch, die handeln mit alles! Nich nur Fusel und Autos und Prostition. Da werden ganze Atome illegal verscheuert!

Wenn ich mir gez als Terrerist Herbert Knebel ne Atombombe bauen wollte, ja hömma, dat wär möchlich!

Dat muß man sich ma vorstellig werden lassen. Und dat Schlimme is, wenn die dir son Sack Plutonium oder auch angereichertes Urin vor de Tür stellen und du nimms dat nich an, ja hömma, da werden die Brüder aber ganz ungemütlich mit.

Na ja komm, gez wollen wir ma den Teufel nich anne Wand machen, aber trotzdem: Holzauge ... Sie wissen schon!

Männer-Eitelkeiten

Boh glaubse ...

... wissen Sie, wen ich grade gesehen hab? Dreima dürfen Sie raten. Den Theo Röttger.

Den kennen Sie doch auch, den kleinen Giftzwerg ausse Mallinckrodtstraße, der bei sich die ganzen Falschparker immer eigenhändig anscheißt.

Der sieht gez vielleicht aus. Den hätten Sie wahrscheinlich gar nich wiedererkannt, wenn ich Sie gez nich drauf angesprochen hätte. Ne, müssen Sie ma drauf achten.

Ich sach so zum Theo: Hömma Theo, bis du dat? Du bis dat doch, ne? Hömma, der hatte ne Frisur wie der Rapunzel, nur kürzer. Ich sach, hömma Theo, du hattes doch letzte Woche noch beim Kegeln die Omme blank. Bis du an ein Wunder geraten? Da is ja gez wieder richtig Urwald! Der is doch nie im Leben echt. Ich sach, Theo, sach bloß, du has dir son Tuppet angeklebt!

Ja, der Theo sachte dann so, er hätt sich lang belabern lassen von eine Schönheitsexpertin, die meinte, dat er mit diese Haarprothese voll spitze aussäh, und zwar um Jahre. Ich sach, Theo, ich sach da nix mehr zu.

Nee, dat is schon erstaunlich, wat sich manche Männer, grade so in unserm Alter, ausdenken, nur um als jünglicher zu erscheinen. Ja, ganz entscheidende Problemzonen bei Männern inne Wechseljahre is ja Plauze, also Wampe, und absterbende Frisur. Ja, an dat Pilsgeschwür traut sich keiner dran, und die ganze Eitelkeit kozentriert sich dann auf dat Gefieder am Schädel.

Wenne ma so als alternder ... Sack inne Mauser komms, dann jagt aber ein Jugend-forscht-Programm dat andere. Da wird dann alles auf den Kahlschlag draufgekloppt, wat Heilung verspricht: rohe Eier, Biskin, Schampong mit Bier, nur Bier, Brennesselsud und obendrauf ne Gurkenmaske.

Ja, ich mein, hört sich ersma ganz lecker an, aber damit kannze doch nich sonne Lichtung aufforsten. Die ganz Harten lassen sogar an sich rumschnibbeln. Da wird dat Haar woanders am Körper, also sagen wir ma gez an Ihren Achsel oder weiter unten, also ... wat weiß ich, wo Ihr Achsel is, also da wird dat Haar abrasiert und oben aufe Birne draufgepflanzt. Und alles nur, um noch ma vorde Pangsionierung die Weiblichkeit zu impenieren.

Ich sach, Theo, mit die Frisur locks du doch keine Perle aussen Busch. Da kannze aber lange warten vor den Busch. Ich sach, Theo, richtige Schönheit kommt von innen raus, kuck mich an!

Medikamente

Boh glaubse ...

... weiße, wat die Menschheit aufe Dauer kaputtmacht? Hab ich mir ma so rausgekricht. Dat is strenggenommen, diese Medikamente!

Ja, dat siehse doch schon dadran, wenne ma gez durch sonne Fußgängerzone bummels. Da findse doch höchstens ma ein Zoogeschäft, aber mindestens vier oder fünf Apotheken, im Verhältnis.

Dat is aber, weil kaum noch einer wat mit Tiere zu tun haben will, aber alle wolln se Tabletten haben. Und dann auch noch für jeden Scheiß.

Kumma, der Helmut Borsig, dat is auch son Spezialfall. Ich hab schon manchma den Verdacht geschöpft, dat der richtig süchtig is nach die Rezepte. Den sein Arzt, der Dr. Hackmann, kennt aber auch kein Pardon. Da kommt der Helmut hin und sacht: Ach, Herr Doktor, ich weiß nich, irgenzwie ... Und schon pumpt der Hacki den voll mit ein eins a Universalcocktail von seine Hausmarke, dat dem Helmut die Haare zu Berge stehen.

Da frag ich mich doch allen Ernstes, wat is dat für ein Medizinmann, dieser Quarksalber? Der hat sich den Helmut doch gar nich richtig untersucht. Dabei hat der doch alles da in sein Attelje.

Ich sach, Helmut, du machs dich doch kaputter, als du schon bis. Du kannz doch nich alles runterschlucken, wat der Dr. Hackmann dir ständig am verabreichen is. Laß doch wenigstens ma die Zäpfchen weg!

Die meisten Krankheiten erledigen sich doch von selbs. Also gez nich Brüche oder Schweinepest, aber sons hat die Natur doch auch selbsregelnde Heilwirkung im Angebot.

Ich sach, Helmut, geh doch ma nach son Homopath! Vielleicht hat der ja ma ne ganz andere Idee, wat dat mit deine ständigen Beschwerden auf sich hat. Ja, vielleicht schläfs du ja auf eine Wasserader und muß die nur austrocknen. Oder vielleicht is auch wat in euern neuen Kokosteppich drin, wat dich bekloppt macht. Ja, wat weiß ich denn, irgendsonne Imprächnierung inne Faser, auf die du anschlägs. Hat dich denn der Dr. Hacki ma nach so Lösungen gefragt? Ich sach dir, der Doktor is doch ein Bückling der Tablettenbarone an Rhein und Ruhr. Der wird bestimmt geschmiert. Kuck doch ma, wie der aussieht, als ob der seine Tabletten für lau kricht. Und unsereins muß dafür schuften, damit er sich ma eine Pille leisten kann.

Weiße wat? Am besten is, man untersucht sich selbs. Ja, ich hab mir gez son Buch gekauft: die schönsten Krankheiten oder so. Da weiß man, wat man hat.

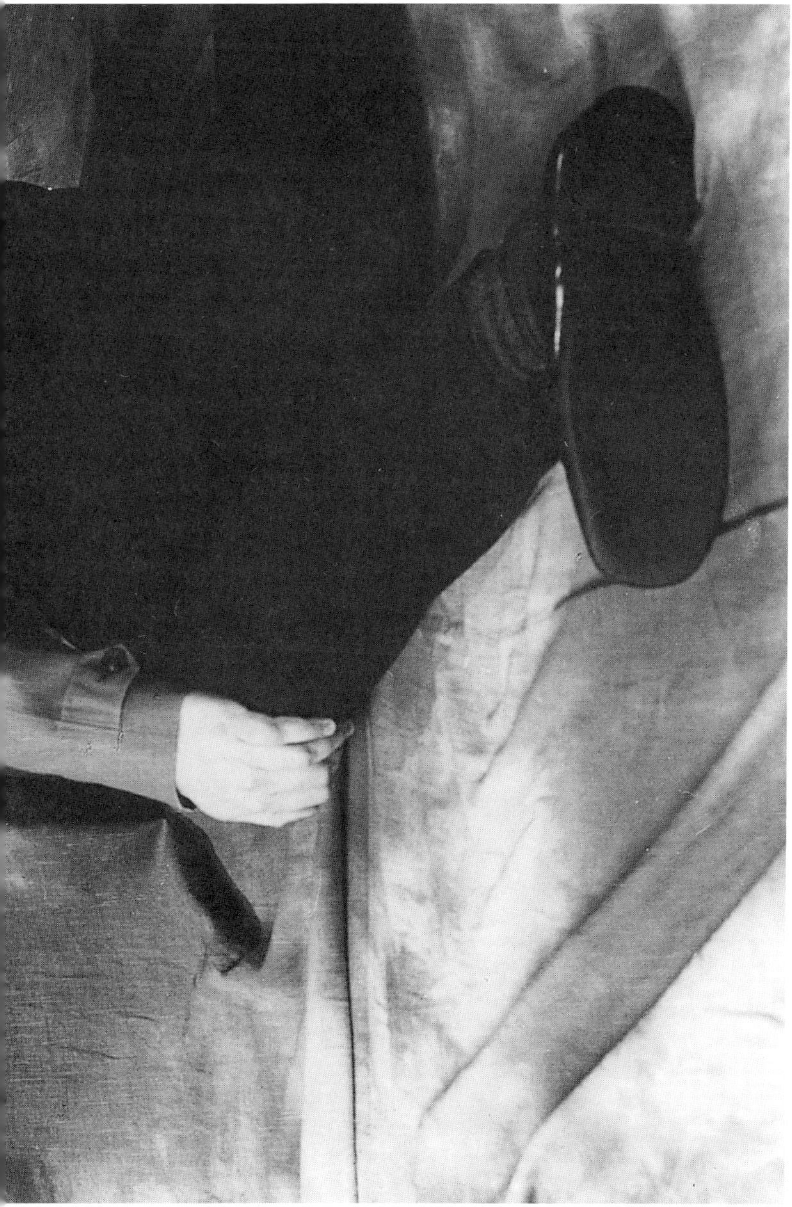

Mondflug

Boh glaubse ...
... weiße, wat ich schade find, dat heutzutage keiner mehr zum Mond fliegt. So wie früher mit diese ganzen Apollos immer. Nee, dat hab ich immer gern gesehen, wie se diese Kozmonauten im All ausgesetzt ham.

Nee, ich seh dat noch wie heute in meinem inneren Auge ablaufen, wie der Ammi, da dieser Nils Armschtrong, da seine Mauken in den Mond drückt und grölt: »Ich bin ein Berliner!« - oder war dat gez der Kennerdy? Nee, der war doch gar nich aum Mond unterwegs, die Gurke.

Ne, da ham wir damals alle inne Familie vor die Flimmerkiste gehangen. Da gab et zwei Sachen, die uns die Nächte um die Ohren gehauen ham: Erstens war dat immer, wenn der berühmte Boxer Katzius Clay, der später dann unter Muhamed Aldi arbeitete, einen von seine Kumpels im Ring selbs dat Licht ausgeschossen hat, so dat der inne Seile hing.

Ja, und zweitens war dat immer die Ankunft vonne Kozmonauten aum Mond. Weil weiter sind se glaub ich nie gekommen. Außer gez so unbemannte, einfach nur so die hohlen Kapseln, die sind immer ganz schön weit gekommen, bestimmt so bis Jupiter oder Neptun da, so die Kante.

Dat war immer ein Ereignis. Da ham wir da im Wohnzimmer gesessen, und derekt vis-a-vis von uns gegenüber im Apparat waren die Kozmonauten aktiv. Die mußten ja immer durch diese Kapsel schweben und dabei die ganzen Plörren wieder einfangen, die da auch so durch die Kapsel schwebten. Dat war ja deren eigentlicher Job, wo die die vonne NASA für angestellt hatten, also diese Schwerelosigkeit zu verpacken.

Dat is ja, sobald du im Universum eintritts, geht dir ja die Anziehungskraft vonne Erde flöten, und dadurch wirse auf einma so lahmarschig wie bei uns aufe Post die Schalterbeamten. Die könnten se praktisch auch mitte Kozmonauten zusammen aum Mond schießen. Die würden da weiter gar nich auffallen, höchstens gez anne Uniform würd man se noch erkennen, die Brüder.

Nee, ich find dat wirklich schade, dat se dieses Raumfahrtprogramm eingestampft haben. Dat fing doch alles so vielversprechend an. Ich hab mich schon selber da oben als Kappetän von eine Ausfluggesellschaft gesehen. Ja, dat wurd einem doch damals ständig proffizeit, dat man da auch ma Urlaub drauf machen kann. Ja, aber dat war wohl en Schuß innen Ofen.

Andererseits, wenn ich gez bei sonne richtig sternhagelvolle Nacht bei mir aum Balkong steh und den Mond seh, dann denk ich mir, is ja doch gut, dat et da gez nich so aussieht, wie in Rüdesheim.

Mountain-Bike

Boh glaubse ...

... ich glaub, gez müssen se die Straße teilerneuern, also vom Belag her ma wieder vom Tiefbauamt en paar Schüppen Teer anrollen lassen. Der Helmut, der hat aber auch ein Zacken draufgehabt wie ein Schumi. Nur, wo der Schumi vier Räder für brauch, kommt der Helmut mit zwei aus.

Der is gez der Halter von so ein Berg- und Talfahrrad geworden, von son Montan-Beik. Der is so närrisch auf dat Gerät, der kommt da gar nich mehr runter. Der macht doch mittlerweile alles auf den Fahrgestell. Der steigt doch noch nich ma mehr zum Pinkeln ab. Irgenzwann is ma den sein Arsch mit den Leder von den Sattel verwachsen. Dann is aber der Arsch ab. Und ich muß mir dann wieder dat Geheule anhören, wenn der sich en Wolf gefahren hat.

Neulich auch, da stand ich mit den Echbert Herzberch vor dem »Zum Kanonier«. Dat is sonne Schankwirtschaft ganz bei uns inne Nähe vonne Wohnungen. Dat is, wenn ich bei mir aum Balkon steh, kann ich da praktisch hinspucken. Dat is diese Ecke, wo auch diese Schlackenhalde liegt, die se gez die Jahre über immer mit Grünzeug so schön deckeriert haben.

Ja, und dann sehn wir auf einma, wie sich da irgenzwat auf son Zweirad die Halde hochstemmt. Ich sach zu den Herrn Herzberch, Echbert, wer macht sich denn da auf den Koks zu schaffen? Da hat sich bestimmt einer von sonne Tour Fronks Veranstaltung verfahren. Ich denk, hömma, is dat gez am Ende der Edding Merks oder der Paul Schockermühle auf sein Drahtesel? Da winkt der Arsch auch noch! Ich sach, Echbert, wat winkt der uns denn? Kennt der Paul dich? Da kommt der runter, da is der Paul unser Helmut in ein eins a Fahrradkostüm. Ich sach so zu ihn, hömma Helmut, bis du gez unter die Proffis gelandet? Nee wirklich, der sah aus wie geleckt da in sein schlüpfrigen Dress und den Stürzhelm. Der sah so richtig erosdynamisch aus, bis auf den Schmierbauch, der da aus den T-Shirt rauskuckte.

Der hat sich aber auch ein ganz exklusiven Rad zugeschlagen, mit alle Schnicks und Schnacks, die die heutige Technik anzubieten hat. Bestimmt Fünfgang-Getriebe mit wahrscheinlich Rückwärtsgang extra, Nebelschlußleuchte, Zentralverriegelung, Kat, Schleudersitz und wat weiß der Henker. Wat meinze, wat dat kostet!? Bestimmt genausoviel wie en kleines Vermögen. Dat is praktisch die Hally Davixon des kleinen Mannes.

Ja, aber da musse dann auch ständig Angst ham, dat se den Schlitten klaun. Gez wird mir auch langsam klar, warum der Helmut da so mit sein Popo drauf verankert is, auf den Nobelgeschoß! Der hat Schiß!

Musicals

Boh glaubse ...

... gez muß ich ersma wat Luft fassen! Dat war aber auch ein Schlauch heut morgen. Inner allerletzten Minute ham wir dat dann aber doch noch geschafft, den Helmut Borsig und seine neue Bekannte innen Zug zu setzen, um für nach Hamburg zu fahren.

Ja, da is der gez dat ganze Wochenende über. Aber nich, wat Sie meinen, also Sand Pauly, Repperbahn, Eroszentrum, Große Freiheit, Nummer 7. Nee, nee, da sind Sie auf einen falschen Dampfer gelandet. Zu sowat würd der eine Bekannte nie mitnehmen.

Der Helmut is in Sachen Kultur unterwegs, dat erstema in sein Leben. Ja, der hat gez sein Herz für Muzzikels entdeckt.

Ich vermute ma einfach, dat hinter die ganze Begeisterung den seine neue Flamme am stecken is, die Trini Stockmann. Die Olle is doch völlig den Muzzikelwahn verfallen. Die sieht doch mittlerweile selber schon so aus. Ja, und die hat den Helmut gez ein Virrus in den Pelz gesetzt.

Die sind da jedes Wochenende fast auf Jück und verjubeln da ihre Lebensversicherung. Immer »d.u.«, dauernd unterwegs. Wat die schon alles abgeklappert haben, dat haut normalerweise den stärksten Seemann um ... oder Elch.

Ja, zuerst waren die hier bei uns umme Ecke in Gelsenkirchen gewesen, Musiktheater, Großes Haus: Jesus kreist, mit Jesus als ein Superstar. Dat is son Singspiel mit Musik und Tanz, wo dat Leben von unsern Heiland wohl son bißken aufe Schüppe genommen wird.

Ja, und da hat dann der Helmut und die Trini Blut geleckt, und die ham sich dann ein nachen andern zugeschlagen: »Starleit Express« in Bochum, wo dat ganze Engsombel sich mitte Rollschuhe ein fettich macht, »Fangtomas inne Oper« in Wien. Wat war dat noch? »Mist Saigon«, »Haare«, »Rocky Horror« oder dies Batmannmuzzikel »Die Fledermaus«.

Ja, und gez sind die nach Hamburg, um sich da die Katzenmusik reinzupfeifen. Ich möcht ma wissen, worum et da geht bei diesen »Kätz«: Letztenendes bestimmt um ne Menge kapitale Mäuse.

Ja, und dat Dolle is, dat diesen ganzen Muzzikelbumm nur ein Mann aum Gewissen hat. Dat is dieser Sir Ändri Leut Weber. Der kompeniert wie ein Fließband. Der hat einen unheimlichen Auswurf ... an Melledien. Dat is praktisch der Mozart von gez, sagen se immer.

Obwohl, ich find ja, dat der Ändri Leut den Mozart nich drankommen kann. Aber dat muß der liebe Gott entscheiden, wenn der den Ändri ma eines schönen Tages abholen läßt.

Muttertag

Boh glaubse ...

... gez muß ich ersma aum Balkong eine dampfen. Ma son bißken Ruhe tanken von den ganzen Theater da in die Wohnung bei unsereinen.

Man, man, man du, jedes Jahr immer diese Mutterabfeierei von den Muttertach. Die ganzen Blagen und Enkelblagen aufe Hütte, da wirse doch bekloppt von. Die Mutter selbs, also als solche gez für sich gesehen, die hat doch gar nix von den Tach. Ich mein, sicher, sonne Blume oder sonne Dose voll mit Mong Scherries springt schon dabei raus, aber die eigentliche Bestimmung von den Tach, dat kricht doch kein Schwanz mehr mit.

Also, die Mutter, die soll doch auch sich an son Tach so als Mutter wieder begreifen, ma son bißken Kraft auftanken, so wie ich gez hier auf den Balkong von uns, weil die nächste Woche kommt ja so sicher wie ... wie der ... der Ochs vorm Berg. Ja, da muß die Mama doch wieder ihren Mann stehen, im Supermarkt durch die Schlange durchboxen oder Bier kaufen, diese schweren Kästen da immer schleppen. Ich mein, dat is auch kein Zuckerschlecken. Ja nu, aber einer muß et ja machen.

Deswegen versteh ich dat auch nich, dat die sich nich wenigstens ma an ihren Muttertach sich auf ihre Hibbelfott setzen kann. Ich komm doch praktisch gar nich dazu, die Frau zu verwöhnen.

Wenn ich gez sagen würd, Mutti komm, ich koch uns ma wat, so ne Tasse Kaffee, da komm ich doch gar nich zu. Dat hab ich noch nich ganz ausgesprochen, da klebt die Olle schon am Boiler.

Die is schon seit heute morgen um sechs Uhr in die Wohnung am wirken dran, weiße, damit auch alles picco-bello wie geleckt is, wenn die ganze Meute da aufe Matte steht, die Parasitten. Ich sach, Guste, bis du eigentlich bescheuert?! Dat is doch heute deine Veranstaltung. Die solln doch wat mit dir machen. Du gehörs doch am Mittelpunkt von die Aufmerksamkeit von die Verwandtschaft. Aber weiße, da kannze auf die einpredigen du, wie ... wie der Ochs vorm Berg. Dat empfängt die gar nich.

Aber ich geh auch mittlerweile geh ich da gar nich mehr dazwischen. Die is doch alt genug die Frau.

Und et is ja auch so, ein son Tach im Jahr, also für die Mutter, ne, wenn wir ma ganz ehrlich sind, dat bringt doch auch nix. Man, wat sollse gez an einen Tach so tun, als wär dat Leben für die Mutter anders. Du kannz doch auch nich für 24 Stunden die Welt aum Kopp stellen. Ach, ich geh ma wieder rein. Ma kucken, ob die Guste en frischen Kaffee aufgesetzt hat.

Philosophen

Boh glaubse ...

... weiße, wat ich immer gern am lesen bin? Dat is so inne Zeitung diese Sprüche, derekt vorne aum Deckblatt diese Tagessprüche, woe den ganzen Tach dran zu knakken has. Worauf die vonne Zeitung ja auch drauf raus wollen, damit du denen anne Stange bleibs.

Ja, da sind meistens so ganz schlau formelierte Meldungen von so ausgebildete Schlauberger. Wie schimpfen die sich noch ... diese ...

Fillesoofen, gez hab ich se, die Brüder!

Ja, heute morgen war auch wieder sonne Schote in diese Rubrick: »Der schnellste Spieler is der Ball!« - Sepp Herberger.

Gez könnt man ja ersma meinen, ja und? Ja aber, da hat der sich aber schon wat dabei gedacht, der Sepp. Kumma, dat is ja wirklich so, auch im Leben. Da meint man immer, der Mensch is der Mittelpunkt von alles, und dann isset aber doch der Ball.

Solche Klamotten hatten die Griechen ja seinezeit unwahrscheinlich drauf. Ich weiß gar nich, ob Sie dat wissen, da war jeder zweite praktisch son Sepp: der Plankton, der Pythongoras, Zeus, Herpes und wat weiß ich nich, wie die alle hießen.

Die rannten da alle frei rum und laberten jeden ne Klinke an Sack. Ja, aber dadurch dat die immer an denken warn, ham die einiges erfunden. Zum Beispiel dat Dreieck is glaub ich von die Griechen. Viereck hamse glaub ich auch derekt mit erfunden. Ja, aber da kannze ma sehen, wenne nix zu tun has, aber immer den Geist aktiv hälts, da kann schon einer bei rauskommen!

Ja, aber son Fillesoof is ja praktisch ein ausgestorbener Spezi inne heutige Zeit. Ich kenn auch nur noch einen einzigen, den Echbert vonne Trinkhalle. Die meisten sagen ja, der hätt den Knall nich gehört, aber ich find, dat der mit die Griechen viel gemein hat. Der hat auch keine richtige Arbeit, aber manchma ganz impesante Weisheiten inne Vermittlung.

Ja, ich war vorn paar Monate ma einma richtig am Ende. Dat war der schwärzeste Tach in mein Leben. Da war ich so richtig rundherum aufe Kippe am Boden zerstört. Ich denk, gez hilft nur noch eins: die Trinkhalle.

Da komm ich da hin, der Echbert war auch da, und dann sacht er mir diesen Spruch, den ich nie in mein Leben vergessen werd ... wie ging der nochma? Na ja, komm, egal. Jedenfalls, da war ich, als wenn se mich neu reingebracht hätten. Da kannze ma sehen, wie ein Spruch in ein richtigen Moment sein Leben fix und fertig umkrempeln kann!

Pingelsköppe

Boh glaubse …

… die Hetti Hohlmann, die Frau von den Harry Hohlmann, dat is vielleicht ein Pingelskopp! Man sacht ja immer so langläufig, Ordnung is dat halbe Leben. Bei die Hetti is dat dat ganze Leben. Dat is so eine, wenn die, gez ma so angenommen, eines schönen Tages auf ein Sterbebett liegt, dann zieht die, kurz vorm Abnippeln, nochma dat Laken stramm.

Ich sach dir, der Harry is nich mehr der eigene Herr von sich selbs. Der hat schon dicke Hunde mit die erlebt. Ich komm da auch gez nur deswegen drauf, aus akteellen Anlaß quasi.

Ich war nämlich gestern war ich da, um den Harry anne Hand zu gehen. Die hatten nämlich endlich ihren neuen Handtuchhalter für et Bad gekricht, und da sollte ich den Harry da eben zwei Löcher bohren, weil, der Harry hat ja keine Maschine.

Ne, dat war wieder fernsehreif. Da kommste an, da geht bei die Hohlmänner die Tür auf, und bevor de auch nur einen Fuß inne Auslegware setzt, hasse schon so Filzpantoffeln anne Quanten. Ich sach, Hetti, sind wir hier in Tockio beim Asier? Da seh ich, wie die den ganzen Weg vonne Tür bis nach dat Badezimmer mit Zeitungspapier abgedeckt hat. Dat Bad selbs war mit eine riesige Plastikplane verklebt. Ich sach, Hetti, is dat hier der Reichstach? Kommt der Christos mit seine Olle gleich hinter den Duschvorhang raus? Ich sach, Hetti, wir müssen zwei

Achter-Dübbel versenken. Du machs ja ein Brummborium, wie wenn ein Ingstallatör dein Scheißhaus wegkloppen will.

Gez fing ich da an zu bohren, da hielt die derekt den Rüssel von den Staubsauger dadrunter. Da hat die beim ersten Versuch schon ein von die beiden Dübbel verschluckt gehabt, mit ihrn Rohr von den Kobold. Kaum warn wir fettich, fing die an, uns abzusaugen, damit wir deren Wohnung nich versauten.

Oh, den Harry war dat ganz unangenehm Dat konnt man richtig sehen, wie der sich für seine Olle schämte. Ja, der wollte mich dann noch zum Dank auf ein Schluck Bier bei sich einladen. Ich sach, Harry, laß ma, en andermal. Ich muß nach Hause, die Bohrmaschine ölen, gez wo se noch warm is.

Hömma, ich war froh, dat ich da aus die Karangtänestation rauskam. Wie kann man nur so leben? Ständig is die am wienern, permanent son Lappen inne Hand und immer wieder mit ein Handkantenschlag in die Paradekissen. Hömma, wenne da längere Zeit in den sterilen Stall wars, kommste dir vor wie sonne Bakterie, auf die Jagd gemacht wird, von den Meister Popper persönlich. Ne, da lob ich mir meine Guste, die kann auch ma Fünfe gerade sein lassen, auch im Haushalt.

Pizza-Taxi

Boh glaubse ...

... weiße, wat inne letzte Zeit auch immer mehr eine Überhand nimmt? Dat sind diese Taxis, aber gez nich so um unsereins abzuholen, wenn man den Arsch voll hat oder in Urlaub will nachen Flughafen für Mallorca. Also die mein ich gez anfürsich gar nich.

Sondern mehr so die Taxis, die, wenn man ma Kohldampf hat und die Guste is schlecht zurecht, für die einspringen und ein dat Fressen bis inne Wohnung reinbringen.

Gez meinen manche sicher so »Essen auf Räder«, aber dat is ja mehr so wat für Bettlägerigere, die et aus eigene Kraft gar nich mehr bis zum Herd schaffen würden.

Dat mein ich gez anfürsich auch gar nich, sondern ... gez kommt et mir: Pizza-Taxi! Meine Fresse, dat ich da nich derekt von selbs drauf gekommen bin.

Jaa ... worauf wollt ich gez eigentlich damit drauf raus? Ach so ja, die Überhand. Dat is wirklich, mittlerweile nimmt da ja fast jeder dran teil. Also zum Beispiel gez ich. Ich wollt da gez nie wat von wissen. Aber wie dat Schicksal so is, hatte sich die Guste letzte Tage beim Frauenkegeln verstaucht und war in ihre Wirksamkeit beschränkt.

Ja, und ich sach, komm Schatz, bleib ma liegen. Der Papa macht schon. Gez wollt ich aber nich derekt bis an meine Grenzen gehn und selbs kochen, und da fiel mir ein, dat der Ernst Pichel von den Italiener, den Luigi Pimpernelli, geschwärmt hatte.

Der war damals bei uns auf Zollverein als ganz junger Hauer am Start gewesen, bis der die ganze Kohle weggekloppt hatte. Ja, zum Dank hamse uns dann ja alle rausgeschmissen.

Jedenfalls hat der Luigi sich dann über ne Pommesbude zum Pizza-Taxi hochgearbeitet. Und wenn man da gez anruft und sacht: Hömma, Luigi, einma die 12, aber ohne diesen Organo drauf. Ja, dann macht der dat. Und dat schöne is, der bringt dat sogar bis bei dir inne Wohnung rein, mit sein Taxi.

Ich mein, sicher, die Pizza sieht gez nach der Überführung nich mehr aus wie neu. Dat is ja, wenn der Luigi mit sein Taxi bei uns inne Mallinckrodtstraße einbiegt, dann muß der sich ja ganz scharf rechts halten, ja, und die Pizza auch, beziehungsweise der Belag. Ich mein, der Luigi is gez festgeschnallt, aber der Belag ja nich. Ja, und dementsprechend sieht die Schindel dann auch aus, wenn se bei dir eintrudelt. Da musse den Belag ersma aus den Pizzakarton rausstemmen und dann mit den Spachtel neu auftragen. Da musse den Luigi schomma ein Auge für zudrücken.

Aber wat willze machen, wenn die Frau ma nich so kann, wie de et gewohnt bis. Dann musse schomma selbs Hand anlegen.

Preissteigerungen

Boh glaubse ...

... wat is inne letzte Zeit nur wieder mit die Preise los?

Da! Zum Beispiel die Bierwurst. Die is ja regelrecht explodiert ... im Preis. Die is ja praktisch teurer als dat Bier selbs. Da kannze se aber bald selbs für machen, die Wurst. Obwohl, dat is ja schon ne Kunst, son Bier zu verwursten.

Auf jeden Fall is dat kein Grund, den nackten Verbraucher inne Tasche zu packen

Wat hat denn der kleine Mann wie du und Sie noch von unsere Deutschen Mark? Die is doch heutzutage praktisch regelrecht im Verfall begriffen. Du kannz doch richtig in dein Pottmenee drin zukucken, wie die weniger wird, die Penunsen.

Ich mein, mit die Bierwurst, dat is ja gez nur eins von ein Beispiel. Du kannz doch mittlerweile hingehen, wo du wills, überall sind die Artikel und Waren regelrecht vonne Imflatzion befallen. Ich sach ma so, wennze früher ne Mark aufe Tasche hattes, da sah die Welt doch aus wie für King Luie. Da konntesse doch noch richtig aufe Kacke hauen mit die Mark.

Da bisse in eine Bäckerei einmarschiert, has die Mark auf die Theke gekloppt und has gesacht: Brötchen! Ja, und dann hasse so viel Brötchen gekricht, datte anschließend noch die Hälfte wegschmeißen mußtes.

Oder wenne mitte Familie ma einen Ausflug gemacht has, inne Gruga zum Beispiel. Ja, da bisse inne Bahn rein, hasse den Schaffner die Mark gezeigt, und dann hat der dich da hingefahren! Ja, inne Gruga noch en Eis gekauft für alle Mann, aufe Rollschuhbahn ammesiert, für die Blagen noch ne Leckmuschel gekauft, die Olle noch ne Blume geschossen, und danach warn wir sogar noch im Kino in ein Fuzzy-Film drin. Ja, und den Rest von die Mark ham wir noch im Sparschwein versenkt. So war dat früher!

Oder hier aufe Ecke im »Flözstübchen« bei der Lore Struckmann. Da konntesse für eine Mark vier Bier für zischen. Ja, und heute, da kannze mit die Mark höchstens en Bier mit anzahlen. So sieht et doch heutzutage aus mit die Währung.

Aber dat Schlimmste kommt ja noch auf uns zu, wenn se uns die Europamark einführen, diesen Euroh. Da wird dann alles eins: der Schlotty, der Öre, der Lire, der Frank, der Pfund und wat weiß ich nich, wie die Brüder alle heißen von diese Ländereien. Da bin ich ma gespannt wie der Flitzebogen von ein Indianer, wat dann die Bierwurst kosten soll ... in Brüssel!?

Raucher I

Boh glaubse ...

... die ganzen Knochen gelb! Dat krisse doch nie im Leben wieder ab. Wir ham aber auch gestern wieder wat weggeraucht, mein lieber Herr Gesangsverein! Dat ging in keinen Aschenbecher mehr rein.

Ja, der Theo Röttger hatte am Wochenende rauchfreie Bude, und da hat der die ganzen Kollegen vonne Rauchergruppe auf en paar Stangen eingeladen. Da warnse aber auch alle wieder versammelt. Der Ernst Pichel war da, der Ozzy Ostermann, der Trainer und der Paul Jäger.

Ich sach, Mensch Paul, wat wills du denn hier? Setz dich mit bei. Kannz zukucken, aber laß die Raucherei! Dat is doch rausgeschmissenes Geld.

Weil, Sie müssen sich dat bei den Paul Jäger so vorstellen: Da zieht sich praktisch vonne Mandeln bis in die hinterletzte Lungenspitze ein einziger Teerstrang. Dat Zeugs kommt doch gar nich mehr an, wo et hin soll. Dat verpufft doch schon alles im Einlaßbereich.

Nee, wat ham wir da gestern weggedampft. Glaubse, da war binnen kürzeste Zeit die Hütte zugequalmt. Da mußtesse alle 15 Sekunden laut durchzählen, um festzustellen, ob noch alle da sind. Da hing der Schmodder, dat gelbe Zeug, so richtig satt im Teppich drin. Dat zog so zentnerweise inne Übergardinen rein und hat noch den Kleister hinter die Strukturtapete weggeholt. Die Schwaden, lang, rauchig und dick, hömma, die zogen bis aum Hausflur. Dat ganze Mietshaus hat praktisch mitgeraucht.

Ja, leid getan hattet mir nur um den Wellensittich. Den hattet doch in Nullkommanix vonne Schaukel gekloppt. Ob der am nächsten Morgen nochma aufe Krallen gekommen is, dat wag ich zu bezweifeln.

Ja, dann mußte der Paul Jäger wat früher abhaun, weil, die arme Sau arbeitet ja noch schichtweise, hömma, der is da gar nich mehr weggekommen. Der is aufe halbe Treppe mitten Infarkt liegengeblieben. Da mußten wir noch en Notarztwagen kommen lassen, damit der Paul rechtzeitig aufe Schicht kam ...

Boh, mir hängt gez noch die Pumpe auf halb acht. Ach komm, ich sach mir immer, wat der Körper brauch, dat soll der haben. Man komm, wat soll dat denn. En bißken Spaß muß sein, sons kannze dich doch derekt inne Kiste legen.

Guste, ich geh ma en paar Zichten einholen. Nich datte meins, ich setz mich ab.

»Mein lieber Scholli, wat ham wir da wegequarzt.«

»Hier hattet den Paul Jäger umgekloppt.«

Raucher II

Boh glaubse ...

... ich hab ne gute und ne schlechte Nachricht. Zuerst die schlechte: Der Paul Jäger is tot. Und gez die gute: Der hat noch jede Menge Rauchwaren hinterlassen.

Dat muß den irgenzwie im Morgengrauen erwischt haben. Laut seiner Frau zu folgen, saß der Paul bis spät inne Nacht vor der Glotze, und dabei sind ihm wohl die Zichten ausgegangen. Er raus aussen Haus, ab umme Ecke an Automaten, und da hattet ihn wohl erwischt. Da kam er wohl grade noch dazu, die ersten drei Markstücke einzuschmeißen, aber dann hattet ihn umgekloppt.

Am nächsten Morgen hamsen gefunden, wie die Hand noch zum Einwurfschlitz zeigte. Ja, da sind wir mit de Kollegen vonne Rauchergruppe aus hingegangen, haben die restlichen Markstücke eingeschmissen und die Schachtel in Andenken aum Paul aufgequalmt.

Aufe Beerdigung isset dann noch fast zum Eklat gekommen. Als der Pfarrer meinte, Erde zu Erde, Asche zu Asche, da is wohl, unglücklicherweise muß man sagen, irgenzeinem vonne Kollegen en Stücksken Glut mit inne Gruft reingefallen und hat die Kiste vonnen Paul angekokelt. Ja, da war vielleicht wat los. Wat wir denn fürn Gesocks wärn und ob wir keinen Anstand im Balg hätten und wat weiß ich, wat se uns da alles an Kopp geschmissen haben.

Aber als der Paul auf seine letzten Tage, als dem schon ständig die Rauchwaren ausse Hand fielen, bei mir aufe

Bude aus die neue Auslegware praktisch en Sieb gemacht hat, da hab ich auch geflissentlich drüberweggesehen. Jedenfalls, da hab ich so beim Stillen in mir gedacht: Der Umwelt ihr Dank is sein Lohn.

Na ja, auf jeden Fall, wir sind nachher noch hingegangen vonne Kollegen vonne Rauchergruppe aus, ham schön fürn Kranz gesammelt fürn Paul, schön in aschgrau gehalten mit son Bucket dran, sonne Art Schleife mit sonne Gravitation drin: Paul, ein letzter Zug, deine Rauchergruppe!

Reinkarnation

Boh glaubse ...

... weiße, wat ich inne letzte Zeit immer fürn Gefühl hab? Als wenn ich schomma dagewesen bin! Wissen Sie, wat ich mein? Als ob ich vor mein eigenen Leben schomma Existenz gewesen bin. Als wenn dat, wat sich gez mit mir abspielt, schomma alles durchgekaut worden wär, aber in ein andern Gewand und aber auch mit ne andere Hausnummer, diese Reeinkarnation - Wiedergeburt!

Dat kennen Sie doch bestimmt auch: Da is man zum Beispiel im Urlaub zum erstenma am Arsch der Welt, ja, und dann kommt der ein bekannt vor! Und obwohl man genau weiß, dat et nich sein kann, hat man dat Gefühl: Hier warse schomma!

Mir is gestern auch son Dingen passiert. Da war ich verschleppt worden. Also gez nix Schlimmes. Der Helmut Borsig hatte mich nach Gelsenkirchen aufe Trabrennbahn mitgenommen, um diese Furzknoten von Jockeis anzukucken, die da in son Sulky ihre Pferde verfolgen. Und da hab ich so beim Stillen in mir gedacht: Herbert, irgenzwie kommt dir dat alles unheimlich bekannt vor, die ganze Atzmosfähre aufe Rennbahn, dat Gerenne, die Pferdeluft, der Gestank von den Publikum, der Helmut, die Stallungen; als wenn dat alles schomma dagewesen wär.

Auf einma hat ich dat Gefühl, nach eine lange Irrfahrt zu Hause angekommen zu sein. Und dann spürte ich auf einma, wie eine Vission in mir hochkam, und ich wußte: Ich war der Ben Hur von Gelsenkirchen ... gewesen, die

Mutter aller Jockeis. Und ich seh mich inne Endrunde, wie ich den Helmut, der seinezeit Pongtius Pillatuß gewesen sein muß, die Karre ansäg, und ganz Gelsenkirchen jubelt mir zu und ruft: »Helmut, du Arschloch!«

In dem Moment krich ich auf einma einen Stoß inne Rippen, und der Helmut sacht zu mir: »Hömma Herbert, has du ein anne Schatulle? Wat soll denn dat Gepöpel?« Ich sach: »Pongtius, ich bin eine Wiedergeburt!«

Und seit diesen Ereignis zermarter ich mir mein Schädel, wat ich wohl noch alles gewesen bin. Ja, paß ma auf, irgenzwann kommt wieder sonne Sittewation, da entpupp ich mich auf einma als Eiwenhoh oder Willie se Kitt oder vielleicht auch ma als Tier zur Abwechslung, Lassie oder Batman und wie se alle heißen.

Ne wirklich, da macht man wat mit, aber wat willze machen?

Sammler

Boh glaubse ...

... weiße, wat auch ein Club für sich is? Jäger und Sammler! Besonders aber die Sammler mit ihre Sammlungen.

Hömma, dat sind Individiums, die gar nich mehr richtig sauber ticken mit ihren Trieb, alles habhaft zu werden, wat die Sammlung dient. Die sind regelrecht süchtig. Die hängen an ihre Sammlung wie diese Haschpappies am Hauptbahnhof.

Nee, dat is erschütternd, wenn man so nach und nach gewahr wird, wer da alles von schon verseucht is.

Ich will Sie gez ma ein Beispiel verabreichen, und zwar von den Theo Röttger. Den kenn ich persönlich schon, solang ich mich überhaupt an den erinnern kann.

Der Theo war anfürsich immer sonne Art »Hans Wurst in alle Gassen«. Der is gez nie weiter auffällig geworden durch irgenzwat Besonderes. Ja, und auf einma entpuppt der Mann sich über Nacht als ein Sammler großen Kalibers!

Wat glauben Sie, wat der sammelt? Ja, ich hab et auch nich geglaubt. Auf jeden Fall hat der die ganze Bude damit voll. Na ja, dat muß er selbs wissen.

Ich mein, kumma, wir haben früher auch gesammelt, aber dat hielt sich doch allet in Grenzen, zum Beispiel Birkel-Punkte, Fußballbilder von Schalker Kreisel oder Rabattmarken aussen Konsum. Ja, aber dat war doch noch wat. Wenne genug von die Birkel-Punkte hattes, hat der Herr Birkel ein auch schomma ne Nudel spendiert, oder wenne die Verkäuferin dat vollgeklebte Rabattmarkenbuch gezeigt has, dann hattesse bei die einen gut, und nach Feierabend kam die bei ein aufe Hütte und ... hat sich dann die Fußballbildersammlung angekuckt, vom Schalker Kreisel.

Ja, aber dat waren doch noch Sammlungen, die Hand und Fuß ergaben.

Aber heute sammeln se doch jeden Dreck und tun noch so, als wenn et gar kein Dreck wär: volle Telefonkarten, alte Autos ohne TÜV, benutzte Klamotten von Stars oder die Männekes ausse Überraschungseier. Son richtiger Sammler verheizt Haus und Hof, nur weil ihm ein Ei fehlt. Da treibt dat Elend wilde Blüten.

Aber meinze, der Staat schiebt da ma ein Riegel vor? Im Gegenteil, der sammelt doch selbs wie die Bekloppten: Altpapier, Glas, Blech, Lumpen, leere Batterien, Altöl. Ja, früher wurd dat einfach so weggeschmissen. Ja, und heute wird et gesammelt ... und dann weggeschmissen. Verrückte Welt! Da soll noch einer schlau dran werden.

Schönheitsoperationen

Boh glaubse ...

... weiße, wer auch überhaupt nich älter zu werden droht? Dat is dieser Michel Jeckson, dieser ehemalige Neger. Also, aum Papier isser ja immer noch ein farbiger ... Schwarzer, aber im Umgang, so unter der Woche, isser ja eher ein Bleichgesicht.

Der hat aber auch ständig so Reparaturen an sich durchführen lassen, hauptsächlich an seine Runkel. Ich hab den neulich noch in eine Illestrierte gesichtet, wo man wunderschön sehen konnte, wie sich dessen Fassade über die Jahre weg verändert hat. Ja, da waren so die einzelnen Bauabschnitte wunderschön dockementiert.

Zum Beispiel den sein Zinken, dat war ja eine Gurke, wie bei diesen ... Pinoccio damals. Ja, und gez sieht den sein Rüssel aus wie ne Kreuzigung von ein Mensch mit ein Pickinese. Ja, aber da kannze mir erzählen, watte willz. Dat is meines Dafürempfindens nach Ausdruck von eine tiefe menschliche ... Dingens.

Also dat sich der Michel gar nich so apzeptiert, wie der liebe Gott und seine Mutter den fabriziert hat, mit all seine Pickel und Schweißnähte.

Wat soll ich denn sagen? Ich hab schon von Geburt an Plattfüße gehabt, Senkfüße, und dann auch immer mehr Schweißfüße. Ja, da latsch ich doch auch nich derekt zum Skirurgen und laß mir die abnehmen. Da sach ich: Herbert, du bis wie de bis, und meistens hasse ja auch Schuhe an!

Ja, aber dat is dat, dat manche Leute regelrecht Schiß haben vor den eigenen Verfall. Aber ich sach, man kann den Lauf der Dinge nich umpolen. Man kann die Natur nich bescheißen. Kuck dir doch ma son paar Kandidaten an, die da in son Fratzensalon zu Gast waren und sich ein Lift unterzogen haben: die Hildegard Knef, die Sünderin, die Chacha Gabor mit ihren flotten Prinz, der Nicki Lauda oder Günther Verheugen. Dat sind Schicksale.

Ja, sonne Renovierung kann ja auch nach hinten losgehen. Wenn die Fundamente nich stimmen, also praktisch Fusch am Bau, dann sieht dat aber aus wie Dresden 45.

Aber Gott sei Dank gibtet auch gute Beispiele, wie man im Alter mit sein Alter fertig wird. Zum Beispiel der Heintje, der singt heute noch immer aufe Butterfahrten sein »Mama«, nur in eine tiefer gelegte Oktave. Dabei hätte der sich ja gez auch durch ne ganz spezielle Operation seine Goldkehle erhalten können, aber der is zu sich ganz hart geblieben.

Ich sach mir immer: Apzeptier dich mit alle deine Mangelerscheinungen, dann bleibse wie de bis und gelangs auch noch im Alter zu unerkennbare Schönheit. Dat werd ich dem Michel gez ma nach Amerika schreiben!

Sex-Praktiken

Boh glaubse ...

... ich bin noch immer völlig vonne Socken! Ich krich dat noch gar nich richtig auf, wat sich da gestern abend aufe Bildscheibe von mein eigenen Mattschirm abgespielt hat. Ich weiß gar nich, ob ich dat gez hier so öffentlich über Ihren Äther ausbreiten soll, aber ich machet ma einfach.

Dat war nämlich ein Bericht über nich ganz alltägliche Sexpraktiken. Da konnte man sehen, wat manche Menschen in ihren eigenen vier Schlafzimmern für ein Ferkel sind. Dat is unwahrscheinlich, wat et da für ne Vielfalt gibt. Man glaubt dat gar nich, wat sich manche alles einfallen lassen, um sich in Fahrt zu bringen.

Da hatten se da so zwei Kandidaten, die waren da mit sonne Art Taucheranzüge zugange. Ich weiß auch nich, der Mief von den Gummi muß die so spitz gemacht haben, dat die aufeinander losgegangen sind. Wat meinze, wat da los is, wenn die irgenzwo anne Tanke an son Reifenständer vorbeikommen oder Bekanntschaft mit ein Gummiknüppel von ein Bullen machen. Dat is doch für die wie Ostern und Weihnachten auf ein Tach, nur schöner.

Wen hatten se da noch alles im Angebot: Einer, der in sonne Ziege verknallt war oder gez ne etwas ältere Dame, die nur rattig wurde, wenn se ein Schaffnerkostüm anhatte. Ne ganz eigene Abteilung warn diese Kollegen, die da zu son Domino-Studio hingegangen sind, um auf ihre Kosten zu kommen. Dat muß man sich ma vorstellig werden lassen. Da kommen die zu die Domino hin und sagen »Tach Schätzchen« und kriegen derekt ein vor den Tabernakel gekloppt. Dann kommen die da in deren Werkstatt, und dann sieht dat da aus wie in die Klinik von diesen Dr. Frankenstein: Hobelbank, Schraubstock, Knarrenkasten, alles wat dat Herz begehrt. Da bleibt kein Auge trocken.

Nee also, für mich persönlich wär dat nix. Ich werd da nich so richtig warm mit. Ich mein, sicher, so bestimmte Sachen, die sind schon dienlich, grad im Alter, so Hilfsmittel für beim Sex. Also wenn die Partnerin sich schomma schalangt mit so Stützstrümpfe dekoriert oder der Partner vorher zwei Tage lang rohe Eier inhaliert, um sich aufzuforsten, da sach ich nix gegen.

Nee aber, wenn ich mir vorstell, dat ich in son Taucheranzug gez vor die Guste auftauch, um die als Jack Cousteau oder als Heinz Sielemann zu stimmelieren. Nee, laß stecken!

Sonntagsspaziergang

Boh glaubse ...
... weiße, wat mir unheimlich aum Schlappen geht? Dat is sonntachs spazierengehen müssen. Dat is noch schlimmer wie samstachs einkaufengehen ... auch müssen. Und dat is schon die Hölle auf Erden.

Meistens malt man sich dat doch für ein Sonntach wunderschön aus, so inne Fantasie: Einma keinen Wecker stellen, bißken länger schlafen und dann um Schlag 11 mitte Kumpels am Stammtisch von »Rudis Eck«. Und schon hasse die erste blonde Vase am Hals. Ja, Samtkragen hinterher, und dann wird aber auch disketiert, über die revuepassierte Woche, also: Sport, Fußball oder Rot-Weiß, und schon is der Deckel voll. Da solls ma sehen, wie schnell son Tach rum is inne Vorstellungskraft von ein selbs.

Ja, und wie sieht et gez aber in echt aus? Da hasse grade die Galoschen anne Mauken und willz dich klammheimlich verdünnisieren, da steht die Guste draußen vor de Tür wie der Vatter Morgana und sacht: So, Herbert, Schuhe schon an? Da gehn wir gez ma schön mit die Enkeln spazieren. Ja, und dreima dürfen Sie raten, wohin? Zum 185sten ma in den Streichelzoo vonne Gruga.

Weiße, wenn ich schon dat Wort »Streichelzoo« hör, da könnt ich schon so reinschlagen. Also, gez nich in die Tiere selbs, dat sind ja ganz arme Würste, sondern ich mein mehr in die Einrichtung als solche. Ich weiß nich, ob Sie in Ihre Heimat auch ein Streichelzoo ... verfügen, aber wenn Sie irgenzwie spitzkriegen, dat son Dingen bei

Sie durchgeboxt werden soll, dann heißt et aber: Holzauge ... Sie wissen schon!

Da kommen ganze Völkerscharen von Spaziergänger angeschissen, um die Viecher zu streicheln. Und oft bleibt et ja nich beim Streicheln. Da werden dann so Ziegen oder Meerschweine oder Steinböcke, also praktisch alles, wat nich wegfliegen kann, schomma ganz hart rangenommen. Da hat nämlich der Streichelzoo-Chef so Aparillos aufgestellt, wo die ganzen Besucher dat Futter abziehen können und wo sich der Chef dann auch noch schön ne Mark nebenbei verdient, und zwar dumm und dämlich.

Ich sach Sie, nach son Sonntach da sehn die aus, die Tiere, wie so aufgepumpte Steiftiere. Dat is unglaublich, wat die Viecher wegstecken müssen. Tausende von wildgewordene Patschehändchen begrabbeln die da, packen die am Pelz und reiten auf die rum, wie son Rodeo. Da wirse vom Zukucken alleine schon bekloppt.

Ja, und wenne dann abends völlig groggy aufen Sofa hängs, dann is die Guste von den Ausflug so inschpiriert, dat zu Hause der Streichelzoo weitergeht. Die Guste kricht aber auch den Hals nich voll.

Spanner

Boh glaubse ...

... weiße, wat se anfürsich ma richtig verbieten müßten? Dat sind diese Spanner. Weiße, diese Kollegen, inner Regel sind et ja meistens Kerls, die überall, wie gez zum Beispiel auf ne öffentliche Rolltreppe, wo der Spanner sich ja gern versammelt, vonne Weiblichkeit wat erhaschen wollen. Ich sach ma, so Einblicke, die man von Rechts wegen gez nur so in Spezialgeschäfte für Hefte oder gez in Zellofang anne Tankstelle oder auch aufe Büstenhalterseite vom Otto-Katalog ma gewahr wird, wenn et sich gez ma im Alltach nich umgehn läßt.

Ja sicher, hin und wieder krich ich ja doch auch so Sachen angeboten. Gez zum Beispiel ... ja, wat nehm wir da ma ... son Tennismatsch vonne Champignon-Chips von Vimpelten. Da kommt et doch auch schomma vor, dat sich ne Spielerin, wie sagen wir ma, die Arangchez Santa Fizzkario, nach ein Ball bücken muß, der ihr vorher hingefallen war.

Ja, dann läßt et sich nich umgehen, dat man der ihren Schlüpfer gewahr wird. Ja kuck, unsereins kuckt dann anstandshalber nach dem Ball, aber son richtiger Spanner kuckt die Übertragung doch nur wegen den Schlüpfer. Dem is der Ball doch scheißegal!

Oder Frauenfußball: Da interessieren die sich doch en Dreck für den Spielstand. Die warten doch nur dadrauf, dat der Liberorin bei ein Befreiungsschlag dat Kostüm platzt.

Oder Frauencatchen in Matsche: Dat kucken die doch nich, weil se en fairen Kampf sehen wollen. Die Frauen üben da jahrelang im Schlamm, wie se sich am besten untereinander plattmachen können, und werden dann praktisch nur als ein Objekt der Erottick qualifikziert. Dat sind Schweine, da diese, diese Spanner, diese Wolljöhre!

Ich mein, dat is gez nich so, dat ich da gar kein Auge für hab. Ich bin ja von Haus aus auch nich der Papst mit sein Zöllibad. Also, wenn da gez ma son richtig strammes Dingen entlangkommt, dann stell ich mir auch schomma vor, wie dat mit die auf sonne einsame Baccardi-Insel wär. Aber deswegen muß ich die Frau doch nich derekt mit ein Röntgenblick ausziehn.

Der Kurt Harras, dat is auch einer von die scharfen Sorte. Der is auch nur am peilen, immer die Antennen auf Empfang. Weiße, da kommt ma ne Frau vorbei mit, ich sach ma, vielleicht en bißken zu kurzen Rock, da kricht der Kollege sofort Stielaugen. Und den seine Hormondrüse is schon wieder derekt am applaudieren dran. Ich sach: Kurt, du altes Steiftier, dat mit deine Augen nimmt nochma en schlimmes Ende. Du infikziers dich bestimmt nochma mit Augenaids oder son Scheiß! Man, reiß dich doch ma am Riemen!

Teleshopping

Boh glaubse ...

... weiße, wat wie ein Damoklesspieß über die Menschheit baumelt? Dat is Teleshopping.

Sie kennen dat doch bestimmt auch, also wenn man gez ma früher als gewohnt oder auch nachts die Flimmerkiste anschmeißt, ja, da kann einen dat ruckzuck passieren, dat man auf einma statt in ein Film in eine Bestellung reingeraten is.

Da hängt dann da in son Fernsehstudio son Tünnes von ein Einzelhandelskaufmann rum und holt, wie der Nickelaus, die gesammelte Scheiße vom zwanzigsten Jahrhundert aus sein Sack, der Sack. Weiße, alles so Klamotten, wofür de den original Nickelaus aber mit ein Arschtritt durch den Kamin wieder nach Hause schicken würds: Ficko-Toriani-Gedächtnismünze, die schönsten 1000 Liebeslieder auf eine CD hinternanderweg, Bauchweggürtel oder Goldhalsband für die Frau, um se gez ma en bißken zu dekorieren.

Ich frag Sie, wat willze mit so ein Schrott? Wenn ich dat schon hör: »Ficko Toriani!« Der hatte doch seinen eigenen goldenen Schuß nich gehört. Dat fehlt noch, dat der bei mir in Form von eine Münze inne Vitrine rumgeistert. Aber Sie glauben ja gar nich, wieviel Leute gez auf den Ficko reinfallen, also auf den sein Gedächtnis, also die Münze davon. Na ja komm, egal.

Auf jeden Fall wird da ein Schweinegeld für zum Fenster rausgeschmissen, und dat Fiese dabei is, man wird dat gar nich gewahr. Kucken Sie ma, bei einen normalsterblichen Einkauf geht man doch mitten Pottmenee in Konsum: bißken Zervelatwurst, Bier, Margarine, ja, und dann weiß man aber auch, wat die Mark kostet. Aber bei diesen Teleshopping spielt dein Geldbeutel doch gar keine entscheidende Funktion mehr. Die holen sich doch deine lausigen Flöhe derekt von dein Konto runter. Wat meins du, wieviel Leute da über ihre Verhältnisse leben.

Ja, da hängen die da bis spät inne Nacht vor ihren TV-Aparillo ab, bewegen sich schon langsam auf ihr Delirium zu und sehen auf einma dies Goldhalsband. Und dann sacht die Frau: »Rudi, dat is aber schön!« Und der Rudi sacht: »Ilse, ich kauf dich dat!« Und dann sie wieder: »Echt Rudi, aber nur, wenn du dir den schönen Bauchwegtrainer mitbestells!«

Ja, und dann geraten die da in son regelrechten Bestellungswahn rein, weil die auf einma denken, die sind ein Rockifeller, der Rudi und die ... wie heißt se gleich, die Ilse, glaub ich.

Ja, darauf speckelieren die Brüder ja von Teleshopping. Ich sach mir, gez ma so als Fazit: Wat nutzt dir ein Ficko im Schrank, wenn anschließend der Gerichtsvollstrecker dem den Kuckuck überzieht!

Träume

Boh glaubse ...

... oooh ... entschuldigen Sie, ich bin noch gar nich richtig bei mich bei.

Ich bin hier grade im Studio bei den Musiktitel eingenickt. Dat müssen gez drei oder vier Minuten gewesen sein, aber ich hab dat Gefühl, ich hätt mindestens zwei Stunden geratzt.

Ich bin derekt in eine von diese Tiefschlafphasern reingesackt und war auch prompt in son Traum zugange gewesen. Dat is unglaublich, wat man in sonne kurze Zeit alles wegträumt. Dat wär genug Stoff fürn ganzen Abenteuerroman gewesen.

Ja, dat is ja mit so Träume ein interessantes ... Dingen. Ich hab dat neulich noch in sonne Illestrierte gelesen: Entscheidend für den Inhalt von den Traum is ja Ihr eigenes Gehirn! Ich weiß gar nich, ob Sie sich das bewußt sind?

Nee, son Gehirn is ja nich einfach nur son Klumpen Sülze, sondern dat is ja quasi mit sonne Schaltzentrale von ein Werk zu vergleichen, wo ständig wat los is, sogar nachts, wenn dat Werk eigentlich schläft, und da kommen einen dann die ganzen Gedanken und Wünsche oder auch Schiß vor irgenzwat, wat man gez im Alltach nich wahrhaben wollte, all dat kommt einen dann hoch, aber nich so eindeutig, dat man dat gez sofort einsortieren könnte, sondern dat Gehirn macht sich en Jux daraus, dat alles so durcheinanderzuwürfeln, dat nur noch ein Fachmann oder ein Spezialist rausbekommt, wat soll dat?

Ich erzähl Sie gez ma meinen Traum von grade, vielleicht hört ja ein Schlauberger unter Sie zu. Der kann dann ja nachher hier im Radio anrufen und des Rätsels Lösung ausspucken.

Also aufgepaßt: Ich sitz ganz allein im Westfalenstadion und denk, wo sind die alle? Is heut nich Samstach? Warum läuft sich keiner warm? Und auf einma schweift so mein Blick nach die Kommentator-Kabinen, und da seh ich auf einma in den Kabuff den Männi Breukmann schwitzen. Ich denk, wat is denn mit den Männi los? Is der schon heißgelaufen?

Und auf einma bin ich mit den Männi aum Rasen am fummeln, im Sechzehner. Ich will grade voll einen abziehen, da steht wie ein Phönix aussen Boden gestampft die Sabine Brändy als Eisverkäuferin zwischen den Pfosten. Ich denk, egal, zieh ab!

Ich seh noch so, wie die Pocke in Zeitlupe auf den Bauchladen von die Sabine zueiert, da weckt mich diese scheiß U-Punkt-Musik: dat dat da da da dat da da ... mit Herbert Knebel.

Also ehrlich, ich hätt alles drum gegeben mitzukriegen, ob ich dat Luder von Leder mitsamt die Sabine versenkt hab oder nich. Ich glaub, ich muß den Männi ma fragen, ob er dat sehen konnte, obwohl, der is nich unparteiisch.

Ufos

Boh glaubse ...

... weiße, wat inne letzte Zeit immer mehr um sich greift? Dat sind diese Außerirdischen, diese Marsmännekes, die sich angeblich gez wieder überall inne Öffentlichkeit zeigen. Ja, und wie dat so is bei so Fennemäne, hat sich dat bei manche Leute schon zu eine regelrechte Hysterie gemacht. Nee ehrlich, manche ham doch wirklich schon ein anne Waffel dran.

Da stehn die bei sich abends aum Balkon, ham womöchlich noch die Lampe an, und drei Balkons weiter zündet sich der Theo Röttger grad ne Zarette an, und dann sehn die dat kurze Aufblinken von den Feuerzeug und meinen, eins von diese Uffos gewahr geworden zu sein. Und ruckzuck hamse den Finger inne Wählscheibe, um die Uffo-Benachrichtigungsstelle zu erzählen, dat se wieder eine von diese Untertassen inne Siedlung aufgestöbert haben, und zwar bei Röttgers aum Balkon, derekt neben den Theo, und ob der Theo nich auch schon angerufen hätte, und wenn nich, dat der dann in allergrößte Gefahr schwebt, verschleppt zu werden bis an Arsch der Welt von den Kozmos.

Ja, und ruckzuck läuft da die »Fang den Uffo«-Sondereinheit mit ihre Spezialanzüge auf, um den Theo rauszuhaun. Der Theo blickt aber überhaupt nix und denkt, gez isset soweit, die Russen kommen. Ja, wat bleibt dem Theo anders übrig, als die Russen-Benachrichtigungsstelle zu alarmieren.

Ja, wat is? Rubbeldiekatz läuft da die »Fang den Russen«-Sondereinheit mit ihre Spezialanzüge auf, und schon sind se sich allemann am verwämmsen, beim Theo aum Balkon.

Ja, und auf einma sieht dat dann noch en anderer Nachbar und denkt sich, beim Theo aum Balkon sind die Hulligens zu Besuch. Ja, wieder ruckzuck stehn drei Wannen voll Bullen vor der Tür. Wie vonne Tarantel gestochen schlagen die sich bis zu den Theo sein Balkon durch und hauen den Theo ein mitte chemischen Keule vor den Tabernakel von den seine eigene Maske.

Ja, und dat alles nur, weil irgendson Tortenarsch dat Feuerzeug von den Theo innen falschen Hals gekricht hat.

Sach ma, wat is dat denn da fürn Blinken im Unneversum? Guste, komma schnell kucken! Ah, dat is bestimmt nur der Theo.

Unwetterkatastrophen

Boh glaubse ...
... ich hab mich wieder irgendson Virrus eingefangen. Bei mir da trieft et aus alle Öffnungen gleichzeitig. Ich hab dat noch gar nich richtig lokalesiert, wo dat Sauviechs überhaupt Einlaß gefunden hat. Ne du, wat ich in die letzten Tage alles in den Lappen reingeplästert hab, dat geht in keine Badewanne mehr.

Dat is aber auch mit den Wetter hier, einma hüh und einma hot. Gestern konnze noch mitten T-Shirt rumlaufen, heute hasse wieder die dicken Plörren am Balg. Man du, dat macht doch kein Organismus aufe Dauer unbeschädigt mit.

Ah, die letzte Zeit, da is ja ganz schlimm. Hömma, nur noch am plästern. Ich frag mich, wo dat ganze Zeugs noch hin soll. Der Regen, der kommt doch gar nich mehr mitten Versacken nach.

Wir sind doch schon seit Monaten gez vonne Schlechtwetterfront eingekesselt. Dieser ganzen Niederschläger und Tiefauslöser, ich möcht ma gern wissen, wo die alle herkommen? Dat solln se ma rausfinden. Da solln se den Schirmherr ma von ausfindig machen. Da soll der Umweltminister ma schön rechieren gehn. Da hat der wat zu tun, die Pfeife! Man du, dat Tief, dat kommt doch gar nich mehr hoch.

Dat is aber auch kein Wunder. Nee kumma, dat Ozzenloch, diese ganzen Treibhäusereffekte, ja nu, letztendlich brauch man sich da nich wundern, wenn dat Wetter am

Rad dreht. Dat is aber auch im Moment überall woe hinkucks so. Da in Los Angeles, die ham doch gez noch den Schlamm im Wohnzimmer liegen.

Oder gez en Bekannter von mir hat erzählt, also gez nich derekt von mir, sondern von den Rheinard Libuda son Kunde aus den seine Lottostelle, der war in Ägypten. Ja, und dann sind die da mit ihre Reisegruppe auf sonne Pyramide raufgedackelt. Ja hömma, da liegt da oben Schnee drauf! Dat musse dir ma vorstellig werden lassen. Dat is doch kein Wunder mehr, dat die da auf alles ballern, wat femd is, die Arabier.

Ne, auf ihre Pyramiden lassen die nix kommen. Da verstehen die kein Spaß, die Pfarreros.

Hatschi! Boh hömma, wat is denn hier?! Kommt mich gez schon Moos anne Nase raus oder wat is dat? Also wundern würd mich dat nich. Die Nässe sitzt doch in jede Fuge bei ein selber. Du kriss ein doch gar nich mehr trokken heutzutage. Dat is nur noch ne Frage der Zeit, bis dat einen Kiemen wachsen. Ich hab mir gez en Aquarium gekauft mit son Fisch drin. Den studier ich immer, wie der so klarkommt mit sich unter Wasser. Wer weiß, wat noch alles auf ein zukommt.

Verpackungsmüll

Boh glaubse ...

... wat is denn dat hier fürn Zellofang um den Uhu! Boh, bisse ma zu den Kleber angelangt bis, da sind dir deine Nerven schon banane. Die verpacken aber auch heutzutage jeden Dreck, als wär dat der Kaiser von China.

Ne kumma, dat is doch so, wenne von Einkaufen komms, hasse zu Hause ersma Bescherung, aber ohne Überraschung, weil, du weiß ja, wat für Waren du habhaft geworden bis, ja, und anschließend hasse ein Entsorgungstermin. Ich sach dir, die Brüder vonne Industrie, die halten dich auf Trab.

Ich mein, sicher, en paar Sachen kommse nich dran drumrum, die zu verpacken. So Bier zum Beispiel, dat kannze die Kundschaft ja nich inne hohle Hand schütten. Da musse schon ne Flasche drummachen, damit dat nich verdunstet.

Oder so hygsjenische Artikeln für diesen Intimmbereich. Ja nu, dat musse auch, aber streng verpacken. Stell dir ma vor, dat liegt da alles so offen aum Wühltisch rum, und alle fummeln se da mit ihre Fottfinger dran rum, und du wischt dir anschließend den Arsch damit ab. Ruckzuck hasse dir doch son Entzündungsherd mit anne Flora gesetzt. Nur weile Einkaufen wars, wa! Ja hömma hier, Arschlecken!

Aber andererseits, die meisten Klamotten kann der Händler doch auch offen feilbieten. Da muß doch nich derekt immer son Brummborium mit drumrum sein. Die vonne Regierung sind da ja schon lange hinterher, da hinter die Verpackungen angeblich en Riegel vorzuschieben. Aber ich mein, man muß sich doch allen Ernstes fragen, ja wo isser denn, der Riegel?

Weiße, stelln se da gez überall in diese Supermärkte Sammeleimer auf, für Papier, Pappe, Plastik, Organabfälle und wat weiß ich nich noch alles. Ja, meinze denn, wenne den Müll nich nach Hause brings, sondern im Geschäft läßt, isser weg? Die sind doch bescheuert. Die meinen damit allen Ernstes der Lösung ihr Herr werden zu können. Ich laß mich doch als Otto und Normalverbraucher nich von die blind machen für dat Problem.

Kumma, gez gehnse doch sogar noch hin und geben diesen Verpackungskünstler da, diesen Christos, freie Bahn, den Reichstach einzupacken. Ja, wie paßt dat denn zu denen ihre Sammeleimer-Aktion? Na ja komm, immer noch besser, als die Bude wieder abzukokeln, wie die Nazzis seinezeit, und dat dann die Kommenisten anzulasten. Paß ma auf, dat da mit die Verpackungsaktion von den Reichstach will am Ende auch wieder keiner gewesen sein. Nich dat se dat am Ende wieder die Kommenisten anlasten. Da sach ich aber, Gerechtigkeit muß vor Recht ergehen, sons können wir doch alle einpacken!

»En Sammeleimer für Papier, Pappe, Plastik und Organabfälle.«

»Ich sach et euch, hier kommt der Heuler rein.«

Weihnachten

Boh glaubse ...

... jedes Jahr der gleiche Scheiß! Immer Weihnachten! Die können sich auch ma langsam wat anderes einfallen lassen.

Man, man, man, ich weiß gez schon nich mehr, wo et mir überhaupt steht. Wenn mir dies Jahr noch irgenzein Nickelaus krumm kommt, den hau ich ein mit sein eigenen Sack vorn Kopp.

Die Vorstellung allein schon von diesen fiesen Christbaum bei mir inne Bude, bringt mich schon zum Rasen. Immer den Fichtennadelmief im Rüssel.

Ich sach jedes Jahr zu meine Frau, Guste wat soll dat hier? Leben wir in eine Schonung oder wat? Ich glaub, ich steh im Wald!

Dat is ja nich nur allein mit den Christbaum getan: Atsventskranz hier, Kerzenengsombel da, anne Tür die Tannenzweige, überall baumeln die Engelchens vonne Decke. Man du, dat sieht hier jedes Jahr aus wie im Stall von diesem Bettlehem.

Wenn dat Jesuskind als solches dat geahnt hätte, wat der für einen Rattenschwanz nach sich zieht, ja hömma, der hätt sich gar nich als Wunder von den Herrgott zu erkennen gegeben.

Der wär da schön in den Strohhaufen liegengeblieben und hätt wat Ordentliches gelernt. Aber der mußte ja unbedingt Heiland lernen. Ja, und gez hab ich Ochs und Esel inne Bude.

Man, ich freu mich gez schon wieder, wenn Sylvester is. Weiße, wat ich da mach? Weiße, wat ich da mach??? Da schmeiß ich einen Heuler in die Krippe, und dann kann der Kasper, der Melchohr und auch der Baltasar aber zusehen, wie se Land gewinnen, die Blutsauger die!

Zahnarzt

Boh, glaubse ...

... mit mir is heute gar nix los. Mich brauchse heut gar nich ansprechen. Ich bin so mit mir inne Beschäftigung, dat ich für andere Menschen gar nich mehr benutzbar bin.

Also, wenn meine Frau, die Guste, gez kommt und sacht, »Hermann, kannze mich ma ....«. »Hermann« sach ich gez schon. Da kannze ma sehn, wie weit et mit mir is.

Ich bin mit meine Nerven blanko. Und dat alles nur wegen ein einzigen Termin. Morgen früh um zehn Uhr bin ich dran. Da is Stichtach. Da geht et an mein Eingemachtes. Aber gez nich, wat Sie denken. Nich dat Sie gez da irrtümlicherweise auf einen falschen Dampfer ... ich mein, ich weiß ja gar nich, wat Sie denken, aber sagen wir ma so: ZAHNARZT!

Da muß ja wohl bei jeden, der gez hier zuhört und noch ganz bei Trost is, die Alarmglocke Rot anzeigen. Ja, da hamse wohl nich mit gerechnet, dat Sie gez zu diese lustige Zeit so fies geschockt werden! Für die, die schwache Nerven haben, die können ma eben kurz auf WDR 4 umschalten und sich von den Pater Illic beruhigen lassen.

Ich seh dat schon vor mir in mein inneren Auge ablaufen: Da komm ich da rein, und da steht schon der Folterknecht in Form von eine Sprechgehilfin und sacht scheißfreundlich: »Ah, Herr Knebel, wir ham uns ja eine Ewigkeit nich gesehen. Nehmse doch noch en Moment im Wartezimmer Platz.«

Ja, und da sitzt man da mit die anderen Todeskandidaten, und so langsam nimmt bei ein selbs der Schmerz ab und der Schiß zu. Und wenn man sich grade verdrücken will, packen se dich mit den Sabberlätzchen in den Folterstuhl. Und plötzlich wird et um dich rum ganz still, und du hörs, wie deine Pumpe unheimlich am pumpen is.

Und in den Moment kommt der weiße Hai umme Ecke und hat auch schon die Flossen bei dir im Maul. Und dann hör ich schon, wie der sacht: »Oh, oh, oh!« Und schon stehnse alle um dich rum, die ganze Belegschaft mit ihre Holliwutt-Fressen, und kucken dich mitleidig an. Und dann packen die den Hilti aus und machen bei dir einen Durchbruch nach dem andern. Und wenn se nich mehr weiterwissen, schmieren se dir die Stumpen mit diese Gammelan-Füllungen zu, verpassen dir noch ne Betäubungsspritze und schmeißen dich raus.

Boh, gez hab ich mich selbs schon so in Schiß geredet, dat ich gez ersma hier inne Westzeit die Keramik aufsuchen muß.

Hömma, wo is denn hier der Schacht?

Zeitungswerbebeilagen

Boh glaubse ...

... wenn dat so weitergeht mit die Werbeeinlagen in die Zeitungen, dann musse dir demnächs die Zeitung mitte Sackkarre inne Hütte schieben, weil, anders krisse dat doch gar nich mehr gebügelt, vom Gewicht aus gesehen.

Dat wird immer schlimmer mit diese Reklame. Da wird doch unsereins mittlerweile regelrecht mit zugeschissen.

Kumma, allein heute:

Ein Proschpekt »Proffi Baumarkt« mit son Sonderangebot »Blockhütte Finn« für 998,- DM! Wat soll ich mit ne Blockhütte inne Mietswohnung?

Ein Proschpekt »Schuhhaus Blöker« mit so spezielle Angebote für Cowboystiefel. Die sind doch bekloppt! Wer is denn heutzutage noch Cowboy? Bei uns inne Siedlung auf jeden Fall kenn ich keinen, der versucht, aum Gaul an Arbeit zu kommen.

Ein Proschpekt »Möbel Bückmann« mit son Spitzenangebot von eine Polstergruppe für 24 Personen. So viel Leute kenn ich überhaupt nich! Da müßt ich ja praktisch schon in eine Eishockeymannschaft mitwirken und die dann alle mit ihre Gegner, samt Schieri und Puck, einladen, um die Polster vollzumachen.

Nee, nee, komm, dann hab ich dann nachher die ganzen Kufenabdrücke inne Auslegware drin. Nachher ham die den Kanal voll, ich kenn die rauhen Gesellen doch, und dann kommt et noch zu eine Keilerei zwischen die Guste und die ganzen Spieler, weil, wenn et eins gibt, wat die Guste aum Tod nich leiden kann, dann sind dat Kufenabdrücke inne Auslegware. Und alles nur wegen den »Möbel Bückmann« und sein Proschpekt bei mir inne Zeitung.

Aber da kannze ma sehen, wat Reklame alles anrichten kann. Ich bin ja gez noch einer von die resistenten Gegner der Konsumgesellschaft. Aber wat meinze, diese ganzen armen Schweine, die sonne Verführung, die von sonnen Proschpekt ausgeht, gar nich Einhalt gebieten können. Dat sind doch die wirklich innen Arsch Gekniffenen!

Ja kumma, angenommen gez einer von diese Konsumabhängigen, die sind ja praktisch so veranlagt wie diese Haschbrüder, diese Junkies, die brauchen ja sofort, wenn die wat sehen, so Stoff, aber kein Treviera, wenn gez einer von diese Menschen statt an meine Stelle diese ganzen Proschpekte vor die Flinte gekricht hätte, ja hömma, dann würd der doch gez schon inne Blockhütte, mit die Cowboystiefel an, aufe Polstergarnitur mit einen unheimlichen Kredit am Arsch Eishockey spielen!

Zoo

Boh glaubse ...

... weiße, wo auch immer viel Leid und Elend anzutreffen is, is im Zoo. Also nich nur unter die Besucher und Wärter, sondern auch unter die Insassen selbs gez, also die Tiere.

Nee, ich war erschüttert gewesen bei mein Anblick von die armen Viecher. Hömma, die leben da wie in Santa Fu oder Sankt Quenting!

Ja, ich denk, tuste die Enkeln ma wat Schönes an und schleifs die mit in Zoo und dann landeste im Archipel Gulag.

Da kommste da rein, und da hamse schon derekt son schrägen Vogel, den se wahrscheinlich mit de Banane aus den Urwald gelockt haben, an sonne Stange angekettet wie seinezeit den Pappiljong im Kino. Man, son Vogel gehört doch in die Luft ... gejagt.

Paar Meter weiter sind da die Jumbos zu Hause, aber wie! Die werden da gehalten wie unsereins aum Klo, also gez vom Platz her. Ich mein, der eine Elefant hat auch schon ein am Appel gehabt. Der wippte da immer von ein Bein aum anderen, so regelrechte Steppbewegungen, aber ohne Schuhe. Dat ergibt doch überhaupt kein Sinn. Ach komm, mit Tiere könnset ja machen.

Wat auch ganz traurig war, war im Aquarium son Flipper, der dauernd im Kreis schwimmen mußte bei Wasser und Brot. Da kann man dat arme Dier bei kriegen. Vor allen, wenn man weiß aus den Fernseh raus, wat der unter den Porter Ricks fürn Lenz hatte. Dat schnürt ein schon die Kehle zu.

Dat einzigste, wat noch halbwegs zu vertreten war, war die Haltung von den Faultier. Ja weiße, da hängt da son nasser Sack am Ast und kricht den Arsch nich hoch, da denkse dir doch auch, ja komm, ob der Sack gez in Sydney hängt oder in Duisburg, dat is doch Jacke wie Hose.

Aber am liebsten hätt ich en paar Ossies zusammengetrommelt und mit die die Mauern von den Tierpark umkloppen lassen. Ja, aber dann hab ich da doch noch rechtzeitig von Abstand genommen. Ich kann die doch nich alleine alle am Kacken halten, die Tiere ... und die Ossis.

Ich sach so zu die Enkeln: Marzel, Jackeliene, wenn der Opa ma so gehalten wird wie die ganzen Tiere hier, dann setzt ihr den aber inne Wildnis aus!